さよなら異世界、またきて明日
See you later, Fantasy World. We hope that Tomorrow comes again
II
旅する轍《わだち》と希望の箱
「……奇遇ね」
Charolles
シャロル
代々"届け屋"を営む一族に
生まれた、獣人の少女
世界に滅びが訪れて
一冊の本を探して
ひとり旅をして
「……こんばんは」
Keisuke
ケースケ（恵介）
ある日、滅びかけた異世界に
迷い込んでしまった現代の高校生。
道中で出会ったニトと共に、
それぞれの"探しもの"のため
二人であてのない旅をしている。

「わっ、いいんですかっ」
「ご馳走になったお礼よ」

See you later, Fantasy World.
We hope that tomorrow comes again. II
Traveling wheel track and the box of hope

「どこであんな人を見つけたの？」
「いや、ぼくもたまたまでさ」
つい話に熱中しそうになったとき、
大きな咳払いが聞こえた。
振り返ると、ニトが何事もなかったように
本を読んでいる。
「……どうかした？」
「いえ、喉がちょっと。大丈夫です」
ニト Nito
絵を描くことが得意な
ハーフエルフの少女。
母親が遺した手帳に描かれている
“黄金の海原”を探しケースケと
共に旅をしているのだが……？

「あなたの世界は、良いところ？」
「変な質問だな」
「良いところだったら
大変でしょう、あなた。
こんな世界に迷い込んで。
なにもすることもないし、
物事は終わっていくだけ。
希望もなにもないわ」
「それなりに楽しく
やってるよ、今は」
「ミトちゃんが
いるから？」
ぼくは肩をすくめて返事の代わりにした。

さよなら異世界、またきて明日Ⅱ

旅する轍《わだち》と希望の箱

風見鶏

ファンタジア文庫

2981

口絵・本文イラスト　にもし

contents

序幕「スカイ・グレイの雨に佇《たたず》む」

「地図が欲しいよね、地図が。地図があれば迷わない」

とぼくが言うと、後部座席からニトが返事をする。

「ケースケの世界じゃそんな簡単に地図が手に入るんですか？　小さな道まで描《か》いてあるような」

「簡単というか、誰《だれ》でも持ってたかなあ」

スマホで調べればすぐに出てくるし。

ニトは感心した声で「平和な時代なんですね」と言った。

平和な時代、と表現されることに違和感はある。ぼくにとってはそれが当たり前だったからだ。けれど今の状況《じょうきょう》と比べれば、たしかに平和なんだろうなと頷《うなず》くしかない。

なにしろこの世界は、すでに滅《ほろ》びかけているのだから。

魔力崩壊《まりょくほうかい》とかいう異常現象は、木々や大地、植物や動物、そして人の命を飲み込んで、すべてを白い結晶《けっしょう》へと変えてしまった。それは今も続いていて、視界のどこかには常に白い砂漠《さばく》が見えている。

そんな状況に放り出されたぼくにできることは、ヤカンと名付けた蒸気自動車に食料と生活物資を載《の》せて、ひたすらに移動することだけだった。

それは迷子《まいご》になった子どもが見知った何かを探し求めて彷徨《さまよ》い歩くことに似ていた。どこまで行っても何も見つからず、そのうちに疲れて座り込んで、あとは泣くだけしか残されていないみたいに。

けれどひとりの女の子と出会ったことで、ぼくはただの迷子から変化することができた。目指す場所が生まれて、目的が生まれて、それはいつしか旅になった。

滅びつつあるとはいえ、生き残った人はまだあちこちにいて、彼らと出会う中で荷物を託《たく》されて、行商人の真似《まね》事なんかもしながら、ぼくらはひたすらに進んでいる。たまにちょっとした言い合いをしたり、笑いあったり、小さな鍋《なべ》で食事をしたり。明日への希望も不確かなこの世界の空と荒野《こうや》の間でぼくらは肩《かた》を寄せ合って、まだ生きている。

ルームミラーに目をやると、後部座席で横座りになってくつろぐニトが、澄《す》んだ青色の瞳《ひとみ》でぼくを見返していた。白い長髪《ちょうはつ》からはちょこんと尖《とが》った耳が覗《のぞ》いている。それは彼女がハーフエルフという不思議な種族であることの証《あかし》だ。

「地図は重要機密だったんですよ。あまり細かい道が分かる地図を作っても、敵国に知られたら軍事利用されてしまうので」

ちっとも実感のわかないことだった。地図なんてあって当たり前の感覚だったから、それが重要機密と言われても困ってしまう。

「でも、地図がないと不便じゃない？　旅行とかさ」

「地図が必要なほど遠くまで旅はしないんです。普通《ふつう》は鉄道を使いますから」

「じゃあそもそも地図が必要ないのか……」

「その地域ごとに、住んでいる人が知っている道を描いたものはあると思いますよ。ただ広い地域を詳細《しょうさい》に記して纏《まと》めたものとなると、国ごとに大事に管理していると思います」

「不便すぎる。グーグルマップくらいは使わせてほしい」

「ぐーぐる？」

「なんでも知ることができる魔法《まほう》の言葉」

「ケースケの世界にも魔法があったんですか？」

「似たようなものかな」

価値観と常識のズレはなんとも難しい問題で、たまにこうして些細《ささい》なボケに説明を要求されてしまうのは、ぼくとしても心苦しい。

「手帳に描《えが》かれた場所を探すにしても、地図がないと困るよね」

ニトは、お母さんが遺《のこ》した手帳に描かれた絵の場所を探して旅に出たのだ。若い頃《ころ》に世界中を旅したお母さんは、病気のせいで外にも出られなかったニトに「黄金の海原《うなばら》」という場所について何度も語って聞かせた。世界一うつくしい場所だというそこは、本当にこの世界にあるのかもわからない景色だけれど、ニトにとっては何よりも大事なお母さんとの約束の地なのだ。

手帳には旅の中で見つけたであろうあちこちの景色が描いてある。だからそれを辿《たど》ることが黄金の海原への道案内でもあった。

問題なのは、手帳には住所まで書いてあるわけではないことと、ナビも地図もない現状では探すのも行くのも難しいということだ。

「地図が重要機密なら、一般人が地図を手に入れるのは無理ってことになるのかな」

「その地域ごとの簡単なものなら見つかるとは思うんですけど、図書館か、領主のお屋敷《やしき》か……ううん、考えたこともなかったです」

ルームミラーには、ニトが鉛筆《えんぴつ》の頭を唇《くちびる》に押し当てながら難しい顔をしているのが映っている。

「とりあえずは街を見つけて、図書館に行って、地図を探す、って感じかな」

「そうですね、大雑把《おおざっぱ》な地図でも、どこに街があるかわかれば物資の補給もしやすくなるでしょうし」

「考えが立派な旅人になってきたね」

「そうでしょう」

ニトはふふんと鼻を鳴らした。そのまま調子外れにぼくの世界の鼻歌をうたいながら鉛筆を動かした。暇《ひま》なときは車内でいつもスマホから音楽を流しているので、お気に入りの歌のメロディを覚えているらしかった。

それからずいぶんと長く同じような景色が続いていたけれど、ようやく道は下り始めた。つづら折りのカーブをゆっくりと進んでいく。

雨は止《や》む気配もなく、ときに勢いを強めたり弱めたりしながら降り続いていた。昼間なのに、あたりは薄暗《うすぐら》い灰色が覆《おお》いをかけている。車内に沈黙《ちんもく》までやってきたら気まで滅入《めい》ってしまいそうだ。スマホからポップソングを流して、気分だけは明るくしている。

やがて山道をすっかり抜《ぬ》けると、道は途端《とたん》に広くなった。

いつもであれば何か言いそうなニトがやけに静かだ。ひょいと振《ふ》り返ると、胸にスケッチブックを載《の》せ、手には鉛筆を握《にぎ》ったまま穏《おだ》やかに寝息《ねいき》を立てていた。

ぼくはスマホの音量を下げ、丁寧《ていねい》な運転を心がけることにした。

そのうちに辺りはただの平原から人の手で整備された景色に変わる。両脇《りょうわき》には緑の稲《いね》のような畑が広がっていたが、半分以上が白い砂となって崩れていた。

まっすぐに延《の》びた道の先で、雨の中にちらつく青と黒の塊《かたまり》が見えた。ぼくの視力があまり良くないために、形や輪郭《りんかく》よりも、くすんだ黄土色に近い地面から浮《う》かび立つような色の印象だけが強く映る。

ようやくそれが何かを判別できるくらいまで近づくと、ぼくはちょっとばかし驚《おどろ》いた。

遠目に青く見えていたのは、そこに立っている人の身体《からだ》を覆う外套《がいとう》だった。この雨の中で、誰かがぽつりと十字路の真ん中で、錆《さ》びた看板を見上げていた。

猫《ねこ》の耳のようなとんがりが付いたキャスケットが特徴《とくちょう》的だった。傍《かたわ》らには大きな三輪の乗り物があった。この世界のオートバイみたいなものだろうか。

少し手前でヤカンを停めた。女性はぼくの方に顔を向けた。キャスケットのつばからはひっきりなしに水滴《すいてき》が垂れている。

「こんにちは」

窓を開けて声をかけると、女性はかすかに小首を傾《かし》げた。海のように深く青い髪《かみ》が頬《ほお》に張り付いていた。見た目から判断すると、ぼくとそう変わらない年齢《ねんれい》のようにも見える。

「……」

返事がなかった。

警戒《けいかい》されているのかなとも思うが、それにしては女性は平然とした立ち姿で、その自然さがかえってぼくを戸惑《とまど》わせた。

女性の傍らのオートバイに目をやった。この世界では蒸気機関が主流だから、これももちろんそうなのだろう。街で見かけるのは四輪の車ばかりだったので、新鮮《しんせん》な外見だった。

真ん中にシートがあって、自転車のようにハンドルがついている。前部がT字に広がっていて前輪がふたつ、後輪がひとつの珍《めずら》しい形のバイクである。そして大きさは車に近いために、迫力《はくりょく》があった。こういうバイクの呼び方があった気がするんだけど。

「……バギー？」

「トライクのこと？」

「あ、それだ！」

手をぽんと打ち鳴らした。一気にすっきりした。

「すごいですね、これ。かっこいいですね」

「そう？　ありがとう」

女性はトライクをちらりと見て、それからぼくにまた視線を戻《もど》した。

「あなたは、旅でもしてるの？　それとも運送屋？」

女性はヤカンのルーフキャリアに積み上げた荷物を見ていた。

「旅、ですかね。あとはちょっとした行商みたいなこともしてます」

「そう。本はある？」

本、と訊《き》かれて、思い当たるのはニトの手帳と、譲《ゆず》り受けたレシピ帳だったが、どちらも個人的なものだった。女性が求めているものではないとすぐに頭を切り替《か》える。

「積んでない、ですね。どんな本を探しているんですか？」

「物語」

素っ気ない返事だった。

女性はもう話すこともないという様子でトライクのシートにまたがった。青いケープコートの裾《すそ》から水滴が流れ落ちる。靴《くつ》やズボンが濡《ぬ》れるのを気にした様子もなく、女性は前《ぜん》傾《けい》姿勢でハンドルを握った。

話を打ち切って出発するのだな、と空気で分かった。

「……それじゃ、お気をつけて」

「ええ。さようなら」

すでに熱が入っていたようで、甲高《かんだか》い排気《はいき》音を鳴らしながら三輪バイク《トライク》が動き出した。見る間にスピードはあがって、青い後ろ姿はすぐに雨の霞《かすみ》の中へ消えてしまった。

女性がいた場所を見やると、不思議なことに気づく。周りの土はすっかり雨を吸って変色していたのに、その辺りだけ色が薄《うす》かった。トライクが停まっていたとしても、綺麗《きれい》な円形にはならないだろう。まるでパラソルでもさしていたように濡れていない。

「でもあの人、何も持ってなかったな……」

ヤカンには荷物がぎっしりと載っている。蒸気機関は、燃料となる魔鉱石と、大量の水を必要とする。それに自分たちの食料や着替《きが》え、細々とした生活用品なんかも合わせて、旅をするには必要なものが多い。長距離《きょり》になれば尚更《なおさら》だ。

だというのにあの女性は、肩に鞄《かばん》をひとつきり提《さ》げているだけだった。常識と照らし合わせてもあり得ないほどの軽装が、今になってはっきりとした違和《いわ》感を抱《いだ》かせた。

首を傾《かし》げてしまう。荷物はありえないほど少ないし、地面は濡れていなかったし、物語を探しているというし。多くの疑問が残ってしまった。かといって今からあの女性を追いかけて訊くわけにもいかず、ぼくはもやっとした気持ちを抱《かか》えたままハンドルを握り直した。

It's time to say goodbye, but I think goodbyes are sad and I'd much rather say hello
Hello to a new adventure.
圏外
15:11
34%
< MEMO
黄金の海原
この世界のどこかにあるかもしれない、世界一うつくしい場所。ニトにとっては、お母さんとの約束の場所だ。なにもかもが不確かなこの世界で、ニトが前を向いて生きていく理由になっている。手がかりは手帳しかないけれど、きっと存在するとぼくは信じている。
See you later, Fantasy World. We hope that Tomorrow comes again.

第一幕「鞄《かばん》に秘めたルビーレッド」

1

「すごいですねえ」

「ほんとにねえ」

語彙《ごい》力のない会話だった。しかしそれ以上に言いようのない光景でもある。

ちょっと傾《かたむ》いた手積みの石壁《いしかべ》の目立つ、よく言えば牧歌的で、遠慮《えんりょ》なく言えば田舎《いなか》の小さな村なのに、上りきった丘《おか》の上に建つこの建物ばかりは見上げるほどに立派だった。教会よりも厳《おごそ》かで、城というには穏《おだ》やかで、呼ぶとすれば聖堂という言葉がしっくりくる。

壁には風雨に汚《よご》れた灰色の染みが浮《う》き上がって薄汚《うすよご》れているし、二階の窓ガラスの一枚が割れて穴が空いている。在りし日は村民が通い集《つど》って賑《にぎ》わっていたのかもしれないが、その名残《なごり》もなく廃墟《はいきょ》然とした雰囲気《ふんいき》をまとっている。それでも聖堂の持つ神聖な雰囲気はまだたしかに残っていて、それがぼくらの目を惹《ひ》きつけて離《はな》さない。

ニトはそのうちにうずうずと肩《かた》を揺《ゆ》らし始めた。光を受けて白にも銀にも見える髪《かみ》が揺れて、隙間《すきま》から覗《のぞ》く尖《とが》った耳はぴくぴくと動いている。ぼくには彼女の次の行動が簡単に予測できた。

ニトは踵《きびす》を返すとヤカンに駆《か》け寄り、後部座席を開いた。画材が詰《つ》まったスケッチバッグを背負い、足元のスペースに横たわるイーゼルを引っ張り出した。抱《だ》き抱《かか》えたままにちょこちょこと歩き回り、ここだという場所を決めると手早くイーゼルを据《す》えた。聖堂を見上げて瞳《ひとみ》を輝《かがや》かせている。

そうなるともう、ぼくが何を言ってもニトは止まらない。夢中になって絵を描《か》くのである。道中でも心惹かれる場所を見つければすぐに車を停めさせ、こうしてイーゼルを構えるのが常だった。

「先に中に入るよ」

一応、声をかけてみたが、ニトは返事をしなかった。鉛筆《えんぴつ》を握《にぎ》ってスケッチブックと聖堂を交互《こうご》に見るばかりだ。

ぼくは肩を竦《すく》めて石造りの階段を上がった。聖堂の入り口は背の高い扉《とびら》で閉じられていたが、鍵《かぎ》はかかっていなかった。蝶番《ちょうつがい》の軋《きし》む音を聞きながら中を覗く。長椅子《いす》が整然と並んでいた。奥には見上げるような位置に杖《つえ》を抱く女性の彫像《ちょうぞう》が飾《かざ》られていて、周りを囲むように彩《いろど》り豊かなガラスの装飾《そうしょく》が鏤《ちりば》められている。これもまたニトが喜びそうだなと思う。

夏を控《ひか》えた季節だというのに、聖堂の中は肌寒《はだざむ》いくらいだった。しんとした静寂《せいじゃく》が空気まで冷やしているみたいだ。

正面口からまっすぐ彫像まで赤い絨毯《じゅうたん》が敷《し》かれている。多くの人が往来したのだろう、すっかり硬《かた》くなってしまったそれを踏《ふ》みながら彫像の元まで進んだ。見上げるそれは、たびたび話に聞く「聖女さま」だろうか。この世界の人たちの信仰《しんこう》や宗教がどうなっているのか、詳《くわ》しいところまではわからない。けれど誰《だれ》もが聖女という存在を敬っているらしい。

彫像の前には三段作りの台が据えられていて、多くの蠟燭《ろうそく》が並んでいた。これに火を灯《とも》す人はもういないのだろう。

ぼくはふと息を詰めて耳を澄《す》ませた。

それは聞き間違《まちが》いではなかった。また、物音がした。

左の奥には扉があって、その奥の方からかすかに聞こえている。誰かがいるのだろうか。行くかどうか、少し迷った。平時なら何も気にしないことでも、滅《ほろ》びつつある世界の辺《へん》鄙《ぴ》な村での物音なんて条件がつくと及《およ》び腰《ごし》になってしまう。特定のなにかが怖《こわ》いというのではなくて、何があるのか予測がつかないことが問題なのだ。いっそ見ないままに引き返そうかと、頰を搔《か》いた。

その時、背後でドアが開いた。滑《すべ》りこんだ鮮明《せんめい》な光が足元まで伸《の》びて、ぼくは振《ふ》り返る。ニトが入ってきたと思った。ところがそこに立っていたのは、わずかに腰を曲げたお婆《ばあ》さんだった。

お婆さんは入り口でじいっとぼくを見ていたが、やがて何も言わずに足を進めた。手には木《き》桶《おけ》を下げている。まっすぐにぼくの方へ向かってくる。

「あの、こんにちは」

おずおずと挨拶《あいさつ》をすると、お婆さんはぼくの前に立ち、「どいとくれ」と言った。

「あ、すみません」

お婆さんはぼくがどいた場所に木桶を置いた。中に入ったたっぷりの水がちゃぷりと波打った。腰をかがめて、縁《へり》にかけた布切れを取って水を吸わせると、力強く絞《しぼ》る。

「表で絵を描いてるハーフエルフのお嬢《じょう》ちゃんはあんたの連れかね」

「え、ええ。そうです」

「声をかけても返事をしやしない。こんなところまで何しに来たんだい」

「旅の途中《とちゅう》なんです。道を走っていたら、森から突《つ》き出たこの聖堂が見えて」

お婆さんはぼくの方を見もせず、絞った布巾《ふきん》で燭台《しょくだい》を拭《ふ》き始めた。ぼくは手持ち無沙汰《ぶさた》にそれを眺《なが》めている。

会話の途中の不自然な沈黙《ちんもく》に、どうしたらいいのだろうかと悩《なや》んだ。掃除《そうじ》の邪魔《じゃま》なのかもしれない。誰も彼もが会話や人との触《ふ》れ合いを必要としているわけではないだろう。

「あんた、時間はあるかい」

突然《とつぜん》の質問に返事につまって、とっさに頷《うなず》いた。お婆さんはぼくをちらりと眺めた。

「ならそこの脚立《きゃたつ》を持ってきておくれ」

お婆さんが指したのは右手側の通路だった。その隅《すみ》には木製の脚立が横になっている。ぼくがそれを抱えて戻ってくると、お婆さんは彫像の真横に立てるように言った。木桶から別の布を絞ると、それをぼくに差し出す。

「あたしゃもうそれに登れないんだ。おかげで手も届きやしない」

「はあ……」

受け取るとお婆さんは燭台の拭き掃除に戻ってしまう。ぼくは湿《しめ》った布巾を広げて、彫像を見上げ、ぼくの身の丈《たけ》ほどもある脚立を見る。まさか異世界の聖堂に来て、掃除をすることになるとは。なんてちょっと笑って、脚立に足をかけた。

彫像は磨《みが》き込まれた石だった。驚《おどろ》くほどなめらかだ。布の皺《しわ》まで細かく彫《ほ》り込まれているために、簡単に拭いて終わりとはいかない。手間がかかりそうだと思いながらもついつい念入りにやってしまうのは、たぶん性分《しょうぶん》なのだろう。凝《こ》り性《しょう》なのだ、ぼくは。

時間をかけてすっかり埃を拭《ぬぐ》うと彫像はより一層艶《つや》が生まれたように思う。自分の仕事に満足して脚立を降りる。振り返ると、お婆さんは長椅子のひとつひとつを拭いていた。

手に布巾を持ったまましばし考えて、それをバケツで洗って、ぼくもまた反対側の長椅子を拭きにかかった。どうやらあのお婆さんは定期的にここに通っているようだ。長椅子には埃は積もっていない。さっと水拭きをするだけで十分のようだ。

そうして最後の列まで磨いて戻《もど》ると、最前列の長椅子にお婆さんが座っている。ぼくに気づくと、お婆さんは隣《となり》をぽんぽんと叩《たた》いた。ぼくはそこにおずおずと腰掛《こしか》けた。

「助かったよ。ありがとね。聖女さまも嬉《うれ》しそうだ」

「そうですか？　無表情ですけど」

「嬉しそうだなと思いながら見るんだよ、こっちが。彫り物なんだから表情が変わるわけないだろう」

なるほどと頷いて聖女さまの彫像を見上げると、それはもう満面の笑みを浮かべている……気がしないこともない。

「あんた、この世界の人間じゃないね」

唐突《とうとつ》に言われて、ぼくは飛び上がるくらい驚いた。お婆さんを振り返ったぼくの顔はさぞ間抜《まぬ》けだっただろう。

　お婆さんは笑いもせず、聖女さまと同じくらい感情の読めない顔でぼくを見ていた。

「……どうして分かるんです？　背中に書いてありました？」

　ぼくの冗談《じょうだん》を「はんっ」と鼻で笑い飛ばして、お婆さんはぼくの靴《くつ》を指差した。

「そんな靴がこの世界にあるわけないだろう。素材も作りも一目で尋常《じんじょう》じゃないのが分かるよ」

　見下ろしてみれば、それはもちろんぼくの世界の靴だ。登山にも使える軽量かつ頑丈《がんじょう》なもので、結構、お高いものだった。

「……靴に詳しいんですね」

「そりゃそれが商売だからね。異世界ってのがどんなところかは知らないけど、靴を見れば豊かなのは察しがつくよ」

　ぼくは曖昧《あいまい》に頷いた。この世界と比べれば、たしかに豊かで、文明も進んでいる。そして滅びかけてもいない。

「お婆さんは、よくここに来るんですか？」

「毎日来るさ。他に行くところもないし、誰かが手入れをしないと聖女さまも可哀想《かわいそう》だろう」

　それは信仰心があるからなのか、あるいはただの繰《く》り返すべき習慣なのかは分からなかった。お婆さんは背を丸めて、窓からの日差しに横顔を照らされる聖女さまの像を見上げていた。やがて胸の前で両手を組み、そっと目を伏《ふ》せた。

ぼくは信仰というものに馴染《なじ》みがない。けれどそれが邪魔をしてはいけない行為《こうい》だと分かるし、お婆さんにとって大事な時間なのだろうと推測もできた。

「あんた、今日はこの村に泊《と》まるのかい」

祈《いの》りを終えたお婆さんがぶっきらぼうに言った。

腕《うで》時計で確認すると夕方まで間もない時間だった。運転の疲《つか》れも残っているし、今からどこかへ向かうというのも気が進まない。

「そうですね、今日は泊まろうと思います」

「だったらここで寝《ね》るといいさ」

平然とした返事に、ぼくは冗談かと思った。しかしお婆さんは笑ってもいないし、そもそも冗談を言うようなタイプにも思えない。

「……ここ、聖堂ですよね？」

「粉挽《こなひき》小屋にでも見えたかい」

「宿屋には見えませんね」

「こんな村に来るのはこの聖堂の関係者くらいのものさ。聖堂の奥にはそういう客人のための部屋が用意されてるんだよ」

「ああ、なるほど。それなら遠慮《えんりょ》なく……」

言いかけて、ふと目の前の彫像を見上げる。神秘的である。天井《てんじょう》の高い聖堂の全体にも、今までに馴染みのない独特の空気がある。そこで当たり前のことを考えてしまうのだけれども。

「ここ、夜になったら怖くありません？」

お婆さんは呆《あき》れた表情を見せた。

「なにがでるってんだい、こんな場所に」

真っ向から言われると、まあそうなんですけれども、としか言えない。不気味だの怖いだの言っても、根拠《こんきょ》もない気持ちの問題なのは間違いないのである。幽霊《ゆうれい》とか見たこともないし。

「……じゃあ、ここで泊まらせてもらいます、うん」

村のどこかにテントを張ることも考えた。しかし毎日テントで寝ているので、たまにはしっかりとした壁《かべ》と屋根に囲まれて落ち着いて寝たいという欲求《よっきゅう》もあるし、そこに柔《やわ》らかなベッドが加わるとすれば文句はない。布団《ふとん》の中に潜《もぐ》り込めば、そこが宿屋でも無人の聖堂でも違いはないだろう。

「火には気を付けておくれよ」

とぼくに言うと、お婆さんは木桶を持ち上げて歩いて行ってしまう。

滅んだ世界で生き残っている者同士の貴重な出会い、のはずなのだけれど、お婆さんの態度はあまりにあっさりとしていた。土曜日のバス停で世間話をしたあとみたいな日常感で、お婆さんは聖堂を出て行った。

2

絵を描《か》き終えたニトを連れて聖堂の奥へ入るころには、日が暮れ始めていた。

廊下《ろうか》には四つほど扉《とびら》が並んでいて、手近なふたつを開けて確認すると、どちらも寝室《しんしつ》だった。窓の外は宵《よい》の暗さが訪れているために、廊下でも室内でも窓からの明かりは期待できそうにない。

山の中の広場や、だだっ広い荒野《こうや》の端《はし》で野宿をする生活にはとっくに慣れたが、廃墟《はいきょ》の中で寝ることには今後も慣れない気がする。人が生活した名残《なごり》は目に見えずとも染み付いていて、なんとなく落ち着かない気分になるし、スマホのライトで照らしてはいても、通路の奥や部屋の隅に息を潜《ひそ》めた黒い影《かげ》が不気味に揺《ゆ》らめいて見えたりもする。

「どうする？」

と後ろのニトに訊《たず》ねると、ニトは難しい顔でぼくを見返した。

「……どうするとは？」

「なんでそんなに表情が強張《こわば》ってるの？」

「ちっとも強張ってません」

イーゼルをぎゅっと抱《だ》きしめていなければもう少し説得力があったかもしれない。

「部屋がいくつかあるけど、どこがいいかってこと」

どこ、とニトは呟《つぶや》いて、周りを眺め、目の前の部屋を覗《のぞ》き込み、ぼくを見る。

「どこ？」

「信じられませんみたいな顔をされても困るんだけどな。ベッドだよ？」

部屋に入ってライトで室内を照らすと、質素ではあるが家具が揃《そろ》っている。ベッドは二台並んでいるし、窓際《まどぎわ》には書き物机があり、二人掛けのソファと丸テーブルも置かれている。

「じゃあ、ニトはこの部屋ね。ぼくは隣にするから」

ニトはイーゼルを抱《かか》えたまま、部屋の中をじっと睨《にら》み付けている。

「……わたしに、ここで寝ろと」

「そうだけど」

「こんなに暗い中で、ひとりで寝ろと」

むむむ、と唸《うな》るニトは、決して「怖《こわ》い」という言葉は使わなかった。

「ランタンを置いていくよ」

「そういう問題じゃありません」

「……じゃあ、ぼくもこの部屋で寝ようか」

「でも、あの、な、並んでますよ、あれ」

と、ニトが指差すのは、少しばかりの隙間《すきま》をはさんで置かれたベッドだった。

「ちゃんとひとりずつになってるし」

「それは当たり前ですっ！　なに言ってるんですか⁉」

ニトの年齢《ねんれい》を考えれば別に問題はない気もしたけれど、やっぱりそこは女の子なのだな、と考えを改めた。ぼくが気にしなくても、ニトが気にするならそれはやはり問題なのだ。

「たしかに配慮《はいりょ》が足りなかった。やっぱり隣の部屋で寝るよ」

「あっ、いえっ」

とニトは首を振《ふ》った。スマホのライトが壁に反射したほのかな明かりに、灰色のように彩度《さいど》を落とした髪《かみ》が揺れて影を作った。

「べつに嫌《いや》だとか、そういうわけではなくて！　だから、ええと、やっぱり同じ部屋でいいです。仕方ないので」

「仕方ないので？」

「……け、ケースケは気にならないんですか」

ちらりとうかがうような視線でニトが言う。

「ぼくは大丈夫《だいじょうぶ》だけど……？」

ニトはぐうう、と喉《のど》の奥を鳴らして肩《かた》を上げた。

「だったらわたしもぜんぜん平気です。あらゆる点で、まるきり、平気です」

ぼくの横を通るとき、あからさまに「ぷいっ」と顔をそらせて、ニトは扉側のベッドに荷物を置いた。並んだベッドの隙間にイーゼルを立て、スケッチブックまで設置した。

それからぼくに見せつけるみたいにイーゼルを指した。

「この境界から向こうがケースケの領土です。こっちがわたしのです。不可侵《かしん》条約を締結《ていけつ》します。いいですね？」

「急に領土問題が勃発《ぼっぱつ》したね」

「わたしは小国なので、領土を守るのは命がけなんです。でも兵は屈強《くっきょう》ですから」

「うかつに攻《せ》め入ったら痛い目に遭《あ》いそうだ。気をつけるよ」

「賢明《けんめい》な判断です」

警戒《けいかい》した野良猫《のらねこ》のような目を向けられつつ、ぼくもベッドに荷物を置いた。締《し》め切られていたためか、使う人がいなくなってからあまり時間が経《た》っていないのか、掛《か》け布団の上には埃《ほこり》も積もっていない。腰《こし》をおろすと心地《ここち》よく沈《しず》み込んだ。手で撫《な》でれば布団の生地は滑《なめ》らかだ。清潔で、安全で、柔らかい。ベッドとはこんなに素晴らしいものだったのかと感動してしまう。そのまま後ろに倒《たお》れ込んだ。

すっかり親しんだ背中に当たる石のごつごつとした感触《かんしょく》も、湿気《しっけ》も、冷気もない。優しく包み込まれるような感触だ。ふかふかとしているのは羽毛だろうか。

目を閉じて堪能《たんのう》していると、急に身体《からだ》が疲れを思い出したらしい。まぶたがあまりに重くて開かなくなってしまう。

「ケースケ？」

ニトの声がぼんやりと聞こえた。

「……外交問題はあとにしよう。ぼくの兵は休暇《きゅうか》中なんだ」

「さては眠《ねむ》たいんですね？」

「……そんなまさか。ぼくは不夜城さ」

「すでに寝ぼけてますよ。寝てください」

「……なんて親切な隣国《りんごく》なんだ……はいこれ、明かり」

目をつぶったままスマホを差し出すと、小さな手が受け取る感触があった。

3

目を開けると、視界の端にニトがいた。忍《しの》び寄る猫みたいな体勢で、片手にライトが点《つ》いたスマホを持っている。ベッドの端からもう一方の手を伸《の》ばしてぼくの肩をゆすっていたらしい。ニトはすっかり眉尻《まゆじり》を下げて怯《おび》えた顔をしていた。

「……どうしたの」

「ケースケ……ここには、ゆ、ゆ」

「ゆ?」

ニトは何度も口を開けて、閉めて、言葉を飲み込み、自分がそれを言うことすら恐《おそ》ろしいという風な顔で、小さく言った。

「──幽霊が、いるみたいです」

「……そっか。よろしく伝えておいて。ぼくは眠い」

反対側を向いて腕《うで》を枕《まくら》にして二度寝《にどね》をしようとしたのだが、背中をばしばしと叩《たた》かれてそれどころではなくなってしまった。

「なにがよろしくですか！　ゆ、幽霊ですよ⁉　寝てる場合じゃないです！」

「わかった、わかったから。降参。起きます」

こびりついたような眠気で頭がぼんやりしていた。身体を起こして背伸びをして、ようやく目がはっきりと覚めてくる。ベッドに放り出されたライトで下から照らされているニトの顔は不安げで、瞳《ひとみ》はなんだか半泣きのようだった。

ぼくは座り直してちゃんとニトと向き合った。

「それで、なにかあったの？」

「も、物音が。ばたん、ぎぃぃ、って……」

「聞き間違《まちが》いではなくて？」

ニトはぶんぶんと力一杯《いっぱい》に首を横に振った。

「何度もしてたんです。それでケースケを起こそうと思って……今は、止《や》んでるみたいです、けど」

「どこか扉か窓でも開いてて、風でそれが……あっ」

一般《いっぱん》的な可能性を言及《げんきゅう》している途中《とちゅう》で、ぼくは大事なことを思い出した。

「なんですかその顔……」

「そういえば、ぼくも物音、聞いてた」

「なんでそれを先に言わないんですかっ⁉」

「何だろうなって気になった途端《とたん》にお婆《ばあ》さんが来たからさ、忘れちゃってた」

「お婆さん⁉　お婆さんの幽霊《ゆうれい》が出るんですかここ！」

「いやそのお婆さんは実在のお婆さんで……ややこしいな、説明が」

ニトは絵を描き始めるとそれに集中してしまうから、目の前を横切って聖堂に出入りして、声までかけてきたはずのお婆さんにも気づかなかったんだろう。

「とにかく、ぼくも物音を聞いたし、ニトも聞いたということは……なにか、いるのかもしれない」

ニトは歯を食いしばった顔のままでぴたりと動きを止めた。

「いますぐ、ここを、出ましょう」

「まだ幽霊とは決まってないけど……」

「お婆さんの幽霊とは、会いたく、ないです」

「だからそのお婆さんはまだご存命なんだってば」

ニトは聞く耳をもたないように首を横に振るばかりで、このまま気にせず寝るとはいかないようだ。

「……確かめに行くか」

「⁉」

うそ信じられない！　あなたには想像力がないんですか？　とでも言いたげな顔だ。

「ケースケの頭の中にここまで何も入っていないとは思いませんでした……」

「ぼくの想像の五倍くらい辛辣《しんらつ》だった」

もちろんぼくだって怖い。しかし半ば寝ぼけているおかげで感覚がいくらか鈍《にぶ》くなっている。怖さよりも眠気が強い。

床《ゆか》に置いていたバックパックをとりあげ、中から小型の手回し充電《じゅうでん》式のランタンを取り出した。スイッチを入れると部屋が一気に明るくなった。

「ここで待ってる？」

「わたしをひとりにするんですかっ⁉」

「じゃあほら、一緒《いっしょ》に行こう」

ぼくが立ちあがると、ニトは眉尻《まゆじり》を下げて口を尖《とが》らせながらもベッドから降りた。

「もし何かあったらどうするんですか……」

「ぼくが盾《たて》になるから、その隙《すき》に逃《に》げたらいいよ」

「それはいやです」

思いがけず強い調子で言われて、ぼくはまじまじとニトの顔を見てしまう。彼女は相変わらず怖がった様子だったけれど、ぐっと口元をひき結んで決意を見せていた。

「し、死ぬときは一緒ですから……！」

「それはちょっと笑えない」

なんて言いつつ笑ってしまう。そこまで大袈裟《おおげさ》に構えることでもないと思うのだけれど。

扉《とびら》を開けて、廊下《ろうか》を覗《のぞ》く。窓枠《まどわく》によって区切られた月の光が床と壁《かべ》を照らしている。耳を澄ませても物音はしない。

「ど、どうですか」

「なにも聞こえないけど……それ持って行くの？」

「護身用です」

ニトはイーゼルを両手で抱《かか》えていた。

ぼくは無言で頷《うなず》くだけにした。本人がそれで安心できるなら構わないだろう。

扉を出て左手に延びる通路は聖堂につながっている。右手の通路の先はわからない。ぼくとニトが聞いた音はその先で鳴っていたのだろう。

「……ほ、本当に行くんですか」

「正体見たり枯《か》れ尾花《おばな》ってよく言うし」

「なんですか、それ」

「夜道で幽霊に見えても、近づいてみたら枯れた植物が垂れていただけだったって意味」

「些細《ささい》な見間違《みまちが》いと思い込みでありもしない存在を想像の中で作り上げてしまうってことですね……」

「ニトってほんと何気ないところで頭の良さを思い知らせてくれるよね」

「それはどういう――」

ぴたりと動きが止まる。ぼくも息を止めている。ふたりで顔を見合わせて、ゆっくりと右側の通路の先へ首を向けた。

――がたん。

「……聞こえるね」

「……聞こえます」

しかしまた音はしなくなった。このまま呼吸音にも遠慮《えんりょ》しながら待っていても仕方なく思えて、ぼくは歩みを進める。少し遅《おく》れて、ニトが小走りでついてきた。

通路の突《つ》き当たりに扉があった。また音が聞こえるかと待ってみたが、何も聞こえない。ドアノブに手を伸ばす。ニトがぼくの背中の裾《すそ》を摑《つか》んでいる。軽い軋《きし》み音を鳴らしながら扉が開くと、黄色味を帯びた弱い光が漏《も》れ出した。

中は書庫だった。壁に沿うように本棚《ほんだな》が据《す》えられている。部屋の中央には大きな平机と椅子《いす》がある。

そこに、人が座っていた。

ぼくは目を見開いた。幽霊、ではなかった。見覚えがあった。

女性は顔をあげてぼくを見ていた。傍《かたわ》らに置いたランタンが、頬《ほお》と、耳型に尖った特徴《とくちょう》的なキャスケットを照らしている。無表情の印象が強かったけれど、このときばかりは彼女も目をきょとんとさせていた。

「……こんばんは」

と、挨拶《あいさつ》をしてみた。うしろでニトが「だ、だれかいたんですか⁉　それともナニかですか⁉」と裾をぐいぐいと引いている。怖《こわ》がっていたわりに興味津々《きょうみしんしん》だった。

「……奇遇《きぐう》ね」

と女性が言った。もうすっかり表情は平坦《へいたん》になっていた。

「とりあえず、幽霊じゃなかったよ」

振《ふ》り返って言う。

「……じゃあ、人、ですか？　こんな場所で、夜中に……お、お婆さんですか⁉」

ぼくは身体を端《はし》に寄せた。ニトはぼくをしっかり盾にしながら、おずおずと顔を覗かせた。

「あっ、こ、こんばんは……」

「ええ。こんばんは」

ニトはすすす、と後退《あとずさ》りをした。ぼくを見上げ、心底ほっとした表情を見せる。

「お姉さんでした！　よかったです！」

「それでいいのか、君は」

きょとんと見返される。いや、いいんだけれども。

物音の正体が幽霊でなかったこともわかった。ぼくらは安心して寝ることができる。しかし、顔だけ覗かせて、挨拶をして、それで扉を閉じると、ぼくらの方が不審《ふしん》者みたいなことにならないだろうか。

ちょっとばかし迷ったが、ぼくは部屋の中に足を踏《ふ》み入れた。古い紙の持つ独特の、カビと湿気《しつけ》をはらんだ匂《にお》いがした。学校の図書室の、郷土史や大きな辞典ばかりが並ぶ場所の匂いだった。

女性はぼくを気にも留めず、机に開いた本に目線を落としていた。机上《きじょう》には他にも本が山積みになっている。

「……本を読むためにここに？」

「そう。こういう小さな村だと教会に本が集まっているものだから」

「物語を探しているんでしたっけ？」

あの雨の中で交わした会話を今でも覚えている。

女性は読んでいた本を閉じて、机上の山の一番上に積んだ。

「でも歴史書や宗教書ばかりだわ」

彼女は立ち上がって本棚に寄ると、数冊を抜《ぬ》き出して机に置いた。本棚の端から順繰《じゅんぐ》りにそれを繰り返しているらしい。

「まさか全部読むんですか？」

「眺《なが》めるだけ」

言いながらもページをめくっていく。確かに読んでいるわけではないが、時々、手を止めてじっくりと目を通すこともある。そういう作業をこの部屋の全ての本に行うのは、やはり並大抵《なみたいてい》の手間ではないように思う。

その時、おずおずと部屋に入っていたニトがぼくの腰《こし》をつついた。

「……お知り合い、ですか？」

「ニトは寝《ね》てたっけ。山を降りたところで会った人なんだ」

なるほど、とニトは頷いた。それから本棚に並ぶ本と、机でページをめくる女性を見て、なんだか羨《うらや》ましそうな顔をした。

　ニトは病気のために幼い頃《ころ》からベッドの上で生活をしていたという。その時の楽しみといえば本を読むことや、絵を描《か》くことだったのだ。絵は画材があればどこでも描けるけれど、大量の本をいつでも持ち歩くことは難しい。久しぶりに本に囲まれた場所に来たことで、読書家の血が騒《さわ》いだのだろう。

「ニト、ぼくたちは何のためにここに来たと思う？」

　え、とニトがぼくに振り返った。

「そう、地図を探すためだ。これからの旅には地図が欠かせない。というわけで、この書庫に地図がないか確かめて欲しい」

　ニトは途《と》端《たん》に表情を明るくすると、ふんふんと何度も頷いた。

「適材適所といいますからね、任せてくださいっ。念入りに探します！」

　両手に抱えたイーゼルをどこに置こうかと右往左往するので、手を差し出すと、ニトは素早くぼくにそれを渡《わた》した。ランタンだけを手に、壁の本棚に向かい、背表紙を上から下まで眺めていく。鼻歌が聞こえてきそうなくらいご機嫌《きげん》な後ろ姿だった。

　微《かす》かな笑い声に気づく。ニトの後ろ姿に女性が優しい目を向けていた。それはすぐに隠《かく》されてしまったが、ぼくは親近感を抱《いだ》いた。

ニトは選んだ一冊を抜き取ると両手で持って、女性の対面の席に向かった。部屋にはテーブルがそこしかないし、椅子も四脚《よんきゃく》だけだ。

「あの、ご一緒してもいいですか？」

「歓迎《かんげい》するわ。どうぞ」

ぼくと会話をする時よりも優しげな声音《こわね》だ。その柔《やわ》らかさがニトにも分かっているようで、椅子に座ると緊張《きんちょう》した様子も見せず本の表紙を開いた。そうなるともう、しばらく本に夢中だろう。

腕《うで》時計を見るといつもの夕食の時間が近かった。思ったよりも長く仮眠《かみん》をしていたらしい。胃袋《いぶくろ》まで眠《ねむ》っていたから気づかなかったが、お腹をさすれば、そういえば空腹だなと思い当たる。

部屋に戻《もど》ってイーゼルを置き、代わりにバックパックを背負った。書庫の出入り口の扉を開けて、部屋から一歩外に出た場所に腰を下ろした。これなら書庫の中で火を使うこともなく、ニトの様子を眺めていられる。

バックパックの中から調理道具と缶詰《かんづめ》を取り出した。スマホのライトで缶詰のラベルを眺める。字は読めなくとも見慣れた記号としてなら判別できるものもある。ああ、これは前に食べたあれだな、とか。夕食に使うものを選んで脇《わき》に積み重ねて、使わない缶詰はバックパックに戻した。

バーナーに火をつけると、ぼっ、ぼっ、ぼぼっ、と、断続的な音が鳴る。燃料である魔《ま》鉱石が詰《つ》まっているタンク部分が温まるまで火が安定しないのだ。点火口からは火が噴《ふ》き上がったり消えたりを細かく繰り返している。気にせず鉄のフライパンを載《の》せて、油を垂らした。

フライパンに豆の缶詰をふたつ空ける。どちらの豆も赤色をしている。味も大きさも枝豆に近くて、ぼくとしても親しみやすい。じゅうじゅうと炒《いた》める音と香《こう》ばしさが静かな書庫の中に響《ひび》いている。

円筒《えんとう》形の缶詰を取る。それはトマトソースみたいなものだ。フライパンにどぱっと流し込み、豆と混ぜて馴染《なじ》ませる。あとは塩胡椒《こしょう》と、香辛《こうしん》料を振り掛《か》けて煮《に》込めば文句なし。

もうひとつ缶を開けると中にはぎゅうぎゅうとパンが詰まっている。缶詰のパンは水分がなくてもさもさとしている。それでもこうして、パンという主食を食べられるのはありがたいことだった。さすがにパンを自分で作るわけにはいかない。

木のまな板の上に丸太のようなパンを置いてナイフで切り分ける。フライパンを火から下ろして、取り皿とスプーンを置く。シンプルな献立《こんだて》ではあるけれど、毎日がこんなものである。

「ニト、ご飯だよ」

横に立って声をかけても反応がない。絵を描いているときもこんな感じで、彼女は一度スイッチが入ってしまうと、それはすごい集中力なのだ。

いつもそうするように肩《かた》を揺《ゆ》すると、驚《おどろ》いてぼくに振り向く。

「ど、どうしたんですか?」

「ご飯だよ。お腹すいたでしょ」

ニトは首を伸《の》ばしてぼくの後ろを振り返る。そこに準備の整った食事を見て、顔色を明るくした。

「そういえばお腹、ぺこぺこでした。ありがとうございます」

本を優しく閉じて椅子を降りると、何かに思い当たったように動きを止めた。左手の人差し指を右手でつまんでぐにぐにといじっている。ニトが何かを迷ったり、言い出しにくいときの癖《くせ》だということは、最近になって気づいた。

ニトがちらりとぼくの顔色を見て、それからうかがうように女性に目をやった。そしてまたぼくを見上げる。その分かりやすい迷いに、思わず笑ってしまいそうになりながら、ぼくは頷《うなず》きを返した。ニトはぴこんと長耳を動かして決意表明をすると、女性に向き直って、何度か声を出す準備をしてから話しかけた。

「あの」

女性が顔を上げる。やけに気合の入ったニトの表情に、わずかに戸惑《とまど》った様子を見せた。

「ご、ご一緒《いっしょ》に、夕食をどうでしょうかっ」

女性はすぐに察した様子で、口元に笑みを浮《う》かべた。

「あら、誘《さそ》ってくれるの？」

「えと、ご迷惑《めいわく》でなければ、ですけど」

「迷惑じゃないわ。嬉《うれ》しい」

ニトは「よかった」と、肩に入っていた力を抜いた。満足げな笑みである。

「では、あの、こっちです」

と、出入り口の床《ゆか》にこしらえた食卓《しょくたく》に先導する。

女性は席を立ち、すれ違《ちが》いざまに小首をかしげてぼくを見る。どうしてかそれが、自分も邪魔《じゃま》をして大丈夫《だいじょうぶ》なのか、と訊《き》いていることが分かった。

「そのつもりで多めに作ってある」

「二人揃《そろ》って世話焼きなのね」

女性はぼくに小さく笑いかけ、ニトの隣《となり》まで行って腰を下ろした。

ぼくは対面側に座り、ささやかな夕食となった。

何度も食べた味だろうに、ニトは「おいしいです！」と笑顔を見せてくれる。その食べっぷりもまた、気持ちが良い。成長期なのかなと思う。

薄《うす》くスライスしたパンは折り曲げただけで千切れてしまうくらい乾燥《かんそう》している。口の中ではパサついて唾液《だえき》を奪《うば》うので食べづらい。なので、この豆のトマトソース煮込みをパンに載せ、全体に塗《ぬ》り広げる。これで水分が補われてパンはしっとり良い加減。お椀《わん》型に曲げた手のひらに合わせて凹《へこ》みを作って、もう一杯《いっぱい》、掬って載せる。そうしたら折り曲げてかじりつくだけだ。

パンは小麦粉の香《かお》りが強く、噛《か》むと弾力《だんりょく》がある。外側はパサっとしているが、内側はしっとりと水分を吸って、もちもちとした歯触《はざわ》りだ。ピザ生地に近いかもしれない。豆の塩味とトマトの甘酸っぱさも相性《あいしょう》が間違《まちが》いない。

あっという間に食べ終えたあとはスープを飲む。本来は煮込み料理の出汁《だし》代わりにいれる粉末なのだが、ぼくらはよくお湯で溶《と》かしてそのまま飲んでいる。ただ、味が良いとは言えない。便宜《べんぎ》上スープと呼んでいるけれど、正確に説明しようとするなら、肉と野菜を煮込んだあとのお湯と同じだ。温かくてほっとする、というのが一番の効能だろうか。

ニトと女性も食べ終え、スープでひと息ついていた。女性は襷《たすき》掛けにしていたバッグの口を開き、手を差し込んだ。ランタンの明かりの影《かげ》が強く、その鞄《かばん》の中は真っ暗に見えた。

女性はそこから赤いリンゴをひとつ取り出した。

「ご馳走《ちそう》になったお礼よ」

そう言ってぼくに差し出す。しかし目が合うとすぐに察してくれたようで、ひとつ頷いて、そのリンゴをニトに差し向けた。

「わっ、いいんですかっ」

ニトは目を輝《かがや》かせた。

彼女は甘い物と果物が大好物だった。どちらもめったに見かけなくなってしまって久しい。保存のために加工したものでなく、もぎたてのように新鮮《しんせん》な果物はとくにそうだ。果樹のほとんどは実をつけることすらなくなっている。

ニトは賢《かしこ》い子である。この世界でそれがどれだけ貴重かはよく分かっている。けれど女性が「どうぞ」と差し出すリンゴを、押し返すというわけにはいかなかったようだ。

ぷるぷると震《ふる》える両手でそれを受け取ると、宝物のようにリンゴを見つめた。灰色がかって見える長髪《ちょうはつ》の隙間《すきま》からちょこんと飛び出た耳の先が忙《せわ》しなく動いている。

ぼくと女性はニトの喜ぶ姿に、同じように微笑《ほほえ》んでいたと思う。

ありがとう、と口だけを動かして伝える。女性は肩をすくめた。

「あの、お名前を教えてください！」

それは友達を作るときの挨拶《あいさつ》のようだった。

女性は慣れないことにちょっと気恥《きは》ずかしさを感じたように、キャスケットを少しだけ押し上げる。

「……シャロルよ」

「シャロルさん、素敵なものをありがとうございます。とっても嬉しいです！　あ、わたしはニト、です。こっちはケースケです」

なんとついにニトの口から紹介《しょうかい》してもらえるようになった！　今まではぼくのセリフだったのだ。ぼくはケースケ、こっちはニト、って。ニトの成長が嬉しくもあり、どうしてかちょっぴり寂《さび》しさも感じた。

「シャロルさんは、旅人ですか？」

ニトはリンゴを胸の前に掲《かか》げたまま、純真な目で訊《き》いた。

「ええ、そんなものね。こうなる前は届け屋をしていたのだけれど」

「届け屋さん！」

ニトが声を高くした。

「届け屋さん？」

ぼくはぼそっと呟《つぶや》いた。ニトがすぐに解説してくれる。

「どんな荷物でも、どこにでも迅速《じんそく》に、確実に届けてくれる人たちなんです。国の認可制なので、届け屋さんは少ないんですよ」

「認可制？　それはすごいな」

聞く限りでは郵便配達や宅配便と変わらないようだけれど。

「届け屋さんは〈ジアンティク〉を所持していて、それには国の許可が必要なんです」

「ごめん。そのジアンティクっていうのは？」

ニトが「あっ」と思い出したように声をあげた。ごく一般《いっぱん》的な知識らしい。

「魔術文明が隆盛《りゅうせい》だったころに作られた逸品《いっぴん》の総称《そうしょう》です。魔術の効力が残っているものもあって、届け屋さんの鞄はその代表例なんです」

「いくらでも物が入るとか？」

ぼくは笑いながら言う。

「そうよ」

と、頷いたのはシャロルだった。

「届け屋の鞄には空間圧縮の魔術が掛けられているの。鞄の中にはこの部屋よりも広い空間があるし、中に入れたものは入れたときのまま劣化《れっか》しないわ」

「四次元ポケットじゃん」

「よじ……？」

ニトがきょとんとぼくを見る。しかし解説をしている余裕《よゆう》はなかった。あまりの思いつきに頭がいっぱいだったのだ。

出会ったとき、シャロルが手ぶらのように軽装だった理由が今になってわかった。新鮮なリンゴも、世界がこうなるずっと前に鞄に入れたということだろう。なんて便利なんだ。

つまり彼女は――

「シャロえもん……」

「なんだか気に入らないからその呼び方はやめてくれる？」

わりとキツめの口調で言われたのでぼくは口を閉じた。だめだった。これ以上ないくらいの呼び名だと思ったのに。

「ジアンティクのことを知らないし、変な呼び方もするし、あなた、もしかして異世界人？」

「ご明察」

ぱたぱたと拍手《はくしゅ》をする。

シャロルは「驚いた」とちっとも驚いていない顔で言った。

「本当に存在したのね。ご先祖様の言った通りだわ」

「ご先祖様？」

「言い伝えみたいなものよ。二百何年も前かしら。私の一族はその頃《ころ》から届け屋をやっていたのだけど、異世界人とも知り合いだったって話があるの」

へえ、とぼくは頷いた。

もし本当にそうなら、その人は魔術《まじゅつ》のある時代に迷い込んだというわけだ。滅《ほろ》びかけの世界よりは心が躍《おど》りそうだ。

「魔術を使ったり、異世界の知識で大活躍《かつやく》したりしてたの？」

「さあ。あまり詳《くわ》しくは知らないの。なんだかお店をやっていたそうだけど」

「お店？」

異世界に来て、お店？　なんだってそんなことをしていたのだろうか。魔術があるんだからもっと派手に頑張《がんば》って欲しい。

「それってもしかして、喫茶店《きっさ》じゃありませんか？」

ぽつりとニトが言った。

「喫茶店？　あの、コーヒーとか、ケーキとかの？」

「はい。喫茶店の発祥《はっしょう》がその店ではないか、という説があるんです。今ではコーヒーを楽しむ文化が当たり前ですけど、昔はこの大陸にはコーヒーが輸入されていなかったとか」

ぼくはこめかみを掻《か》いた。ちょっと想像ができない。

「……異世界に迷い込んで、魔術が当たり前の時代にやったことが、喫茶店を開いてコーヒーを普及《ふきゅう》させたってこと？　よくわかんないな。なんでコーヒーなんだ」

「さあ、それはばっかりは。あまり記録も残っていないので。わたしもフォアローゼスの小説で読んだことがあるくらいですし」

異世界人というのは、それぞれに苦労したりいろいろあるらしい。なんでか喫茶店を開業したり、エルフの女性と絵を描《か》く旅に出たり、滅んだ世界でハーフエルフの女の子と一緒《いっしょ》にその足跡《そくせき》を追ったり。

「……シャロルさんは、どうしてここに？」

シャロルを除《の》け者にして二人で会話をしていたことに気付いて、慌《あわ》ててニトが質問を向けた。

「ここに寄りたかったの」

「聖堂にですか？」

「正確にはこの書庫ね。本を探しているから」

「どんな本ですか？　わたし、よく本を読んでいたのでお役に立てるかもしれません」

大きな瞳《ひとみ》をさらに大きくしながらニトが身を乗り出した。その勢いにさすがのシャロルも苦笑した。

「書名が分からないのよ。ページが破れてしまったのか、最初からないのか分からないけれど」

「そうなんですか……どんなお話ですか？」

「ネズミの騎士《きし》がお姫《ひめ》さまを助けに行くお話」

ニトはむむ、と考え込んだ。両手にリンゴを持ったままなので、一見するとリンゴに念を込めているみたいだ。

必死に記憶《きおく》をひっくり返していたようだったが、思い当たる物はなかったらしい。ふしゅう、と肩《かた》から力を抜《ぬ》いて、耳もしょぼんと下げてしまう。

「ごめんなさい。心当たりがないです……」

「私もずっと探しているけれど見つからないの。気にしないで」

はい……と頷《うなず》く。その元気のなさはどうしたものかと心配になるくらいだ。たぶん、リンゴをもらったお礼として、なにか恩返しがしたいのかなと思う。

「シャロルの本を探す手伝いをしたら？　ついでに地図も探せるでしょ」

ぼくが提案すると、途端《とたん》にニトは元気を取り戻《もど》した。

「それがいいです！　わたし、一緒に探します！」

と背筋を伸《の》ばしたかと思うと、はっとして、おずおずとシャロルの顔をうかがう。

「……あの、お邪魔《じゃま》じゃなければ、ですけど」

シャロルは口元を指で隠《かく》して小さく笑うと、「ええ」と頷いた。

「そうしてくれるなら助かるわ。私も地図を見つけたら教えるわね」

「はい！」

ニトの笑顔には歳相応の無邪気《むじゃき》さのようなものがあった。思えば、今まで出会った人たちはみんな大人だった。ニトにとってシャロルは少し歳上のお姉さんとして親しみやすいのだろう。

期せずしてここに滞在《たいざい》することが決まってしまったが、もともと予定の詰《つ》まった旅でもないし、宿泊費《しゅくはく》がかかるわけでもない。いつでもどこでも好きな場所に行って、好きなだけ滞在できるという点では、本当に自由な旅路である。

食器の片付けをニトが手伝ってくれた。それから食後の読書に勤《いそ》しむ。ぼくは相変わらず床《ゆか》に腰《こし》をおろして、スマホを取り出した。

この世界にはもちろん電波もないし、電源もない。そんな世界でスマホで音楽を流したり懐中電灯《かいちゅう》の代わりにしたりと便利に使えているのは、バックパックで持ち込んだ手回し充電式《じゅうでん》のランタンのおかげだった。夜な夜なぼくはこうして、ランタンとスマホをケーブルで繋《つな》ぎ、人力で電気を生みだしている。もちろん効率は悪いので、めちゃめちゃ時間がかかる。

シャロルとニトが優雅《ゆうが》に本を読んでいる傍《かたわ》らで、ぼくはひたすらハンドルを回していた。

4

やけに眩《まぶ》しい感じがして目を開けると、真っ白な光が差し込んできた。思わず寝返《ねがえ》りを打って、羽毛の詰まった枕《まくら》に顔を埋《うず》めた。

久しぶりのベッドで快眠《かいみん》できるかと思った。しかし甘かった。柔《やわ》らかすぎるベッドが違《い》和《わ》感になって寝付けなかった。硬《かた》い地面に寝袋《ねぶくろ》を敷《し》いて寝ることに慣れすぎたのだ。

枕から頭だけを起こして腕《うで》時計を確認すると、いつも起きる時間よりもまだ早い。そのことにため息をついて脱力《だつりょく》する。

ベッドの隙間《すきま》にイーゼルが立ちはだかり、ニトの上着が掛《か》けられている。あまり効果はなさそうだけれど、目《め》隠《かく》しということらしい。

布団《ふとん》がこんもりと丸い山になっていて、隙間から銀色に輝《かがや》く髪《かみ》が溢《あふ》れていた。山は穏《おだ》やかに上下していて、ニトは気持ちよく夢の世界で過ごしているようだ。

窓からの日差しは容赦《ようしゃ》なくぼくに降り注いでいた。スマホのアラームよりも効果抜群《ばつぐん》だなとぼんやり考えて、二度寝を諦《あきら》めて身体《からだ》を起こす。

寝癖《ねぐせ》を手櫛《てぐし》で無理やり直しながらベッドからおりて窓に寄る。小高い丘《おか》の上に建っているだけあって見晴らしが良い。段々に重なる家の屋根と曲がりくねった道は、昨日、ぼくらが通ってきたはずだけれど、朝日の中でこうして見下ろすとまったく知らない場所に思えた。

ぼやける裾《すそ》広がりの山々と緑の少ない荒《あ》れた野が続く右の端《はし》に、朝日に白く輝く水面が見えた。それは湖のようだった。

水の補給と、身体を洗うのと、魚でもいれば獲《と》れないかな……と、ごく自然に考えていた自分に気付いて笑ってしまう。湖を見ても綺麗《きれい》だなとか、観光しにいこうではなくて、生活に根付いた実利を連想してしまうあたり、すっかり旅に慣れてしまっていた。それが良いことなのか悪いことなのかは、判別が難しい。

ベッドサイドに立てかけていたバックパックの中から歯ブラシとチタンカップを取り出して部屋を出る。昨日あれほど暗く沈《しず》んでいた廊下《ろうか》にも光が溢れて、並ぶ扉《とびら》の木目を浮《う》き上がらせていた。

聖堂へつながる扉を開くと、そこにはただ静けさが満ちている。見上げるような高さに並んだ窓から注ぐ朝日が長椅子《いす》を照らしていた。ゆったりと舞《ま》う塵《ちり》がきらきらと輝いて見える。聖女の像はひとり青い影《かげ》を背負っていて、その輪郭《りんかく》だけがくっきりと光の線で浮き上がっている。

扉を開いたきりぼくは息をするのも忘れていた。それは祈《いの》りの場所だった。静かな、厚みのある見えない空気が詰まっているようにすら思えた。

ふと、並んだ長椅子の真ん中あたりに座っている影に気付いた。それはシャロルだった。ぼんやりとした視線で聖女の像を見上げたまま、ぼくが近づいても気にする様子もない。

「おはよう」

声をかけてようやく、シャロルはちらと目線をよこした。

「ええ。おはよう」

「早起きだ」

「朝の時間が好きなの。気分がいいから」

それはたしかに、とぼくも頷く。

隣《となり》の席を指差してうかがうと、シャロルはどうぞ、と答えた。腰を下ろして一息。

「昨日はありがとね。ニトも喜んでた」

「別に構わないわ」

「探してる物語は見つかりそう？」

「どうかしらね。あまり期待はしていないの」

「期待しないのに探すの？」

「今までずっと探してきたんだもの。それでも見つからないんだから、根拠《こんきょ》もなく期待しないようにしているの。落ち込まないですむから」

平坦《へいたん》な調子でシャロルは言った。会話はひどく素っ気ないけれど、質問にはちゃんと答えてくれるようだ。コミュニケーションを必要最低限で抑《おさ》えている感じ、というか。少なくとも、沈黙《ちんもく》が気まずいからという理由で自分から話しかけるタイプでないことは確かで、会話はぴたりと止まってしまう。

ぼくらはひとりぶんの隙間を空けて並んで座って、日差しに頬《ほお》を白く染める聖女像を見上げている。太陽が少しずつ昇るにつれて、光の傾《かたむ》きは変わる。聖女の顔に生まれる陰影《いんえい》が表情を作っている。

「……悲しそうね」

「え？」

シャロルは二度、繰《く》り返さなかった。ぼくは言葉を聞き逃《のが》したわけではなく、意味を測りかねていた。聖女の表情に悲しさを見ているようだったが、ぼくにはそれを見取ることが難しい。

どの辺りを見てそう思ったのかを聞こうとしたとき、背後で扉が開いた。入ってきたのは昨日のお婆《ばあ》さんだった。手には木桶《きおけ》を下げている。

お婆さんは座っていたぼくらを見て片眉《かたまゆ》をあげた。ゆっくりと歩いてくる。

「おはようございます。お早いんですね」

とぼくが声をかけると、お婆さんは片手を振《ふ》り払《はら》うようにしてみせた。

「年寄りになるとそうなるのさ。ハーフエルフのお嬢《じょう》ちゃんの他にも連れがまだいたのかい」

「昨日の夜に知り合ったんです。たまたまここで会って」

「こんな田舎《いなか》っぱずれの村で出くわすなんざ珍《めずら》しいこともあるね。メルシャン通りならまだしも」

「メルシャン通り？」

お婆さんは聖女像の前まで歩いていき、そこに木桶を置いた。ぼくも席を立ち、お婆さんのところに向かう。

「この村から湖につながる途中《とちゅう》にある金持ちの遊び場だよ。普段《ふだん》はひとりも住んじゃいないのに、夏と冬の休暇《きゅうか》のたびにどっと集まっては大騒《おおさわ》ぎする、金と時間を余らせたろくでなしのための遊楽通りさ」

年に二回だけ人が集まる町、みたいなものだろうか。不思議な場所のようだ。

腰をかがめて布を絞《しぼ》っていたお婆さんは、硬く捻《ひね》られたそれをぼくに差し出した。とっさに受け取ってしまう。それでもう、言葉にしなくてもぼくの役目が分かってしまって、苦笑が漏《も》れた。

「今日はどこを掃除《そうじ》しますか？」

「上の窓を拭《ふ》いとくれ」

お婆さんが指差す方を見ると傾斜《けいしゃ》が急なうえに幅《はば》も狭《せま》い階段があった。そこから登る二階は、壁《かべ》に沿うようにぐるりと通路が作られているだけだった。

朝食の前に掃除と洒落《しゃれ》込《こ》むのも、たまには悪くない。二度寝よりは健全だろう。

「ほら、あんたもこっちにおいで」

お婆さんは座ったままのシャロルに呼びかけた。彼女は特に拒絶《きょぜつ》もせずにやってきて、お婆さんの差し出す布を受け取った。

「あんたは一階の窓を頼《たの》むよ」

「ええ」

「適応能力が高すぎる」

シャロルの振る舞いにはまったく戸惑《とまど》いというものがない。ぼくは昨日も同じことを経験しているから平然としているだけだ。シャロルは初対面のお婆さんに布を差し出されて掃除をさせられるという、ちょっとばかし特殊《とくしゅ》な状況《じょうきょう》にもかかわらず、まるで表情が変わらない。

彼女はぼくに視線を合わせて、軽く肩《かた》をすくめてみせるだけで、あとは何も言わずに窓に向かっていった。それは大人の余裕《よゆう》というべきものを感じさせた。もしかするとぼくより歳上なのだろうか。シャロルの背中を見送ってしまう。

「なにを見惚《みと》れてるんだい」

「とんでもない」

ぼくは小走りで階段に向かった。

5

掃除がひと段落するころに寝起きのニトがやってきて、水桶で布を絞っていたぼくを見て目を丸くした。

「おはよう、ニト」

「……おはよう、ございます。なにをしてるんですか？」

「それは分かるんですけど、どうして掃除……」

「掃除」

と、聖堂に視線をやり、椅子に座って落ち着いているシャロルと、床《ゆか》の拭き掃除から立ち上がったお婆さんを見つけたらしい。

ニトは目を見開いてお婆さんを凝視《ぎょうし》した。耳をぴんと緊張《きんちょう》させ、あわわと口を震《ふる》わせた。

「けっ、ケースケ！　ゆ、幽霊《ゆうれい》！　お婆さんの幽霊です！」

それまだ引きずってたのか。あまりの慌《あわ》てぶりに思わず吹《ふ》き出してしまった。そういえばニトにお婆さんのことを話していなかった。

ぼくはニトが指差す先を見つめて首を傾《かし》げた。

「え？　どこに……？　お婆さんなんていないけど」

「きゅっ⁉」

ニトの喉《のど》から空気が詰《つ》まった悲鳴が聞こえた。唇《くちびる》をひき結んで青い顔をして、おそるおそるお婆さんを見る。ちょうど手に雑巾《ぞうきん》を広げながら、こっちに歩いてくるところだった。

ひゃ、とニトがぼくの後ろに隠《かく》れた。

「ケースケ！　お婆さんが！　お婆さんがこっちに！　幽霊が！」

ニトが騒《さわ》ぐものだからお婆さんはとっくにこっちに気付いていたし、不審《ふしん》そうな顔をしている。

「なにを騒いでるんだい」

「は、話しかけられました⁉」

「そりゃそうだよ。幽霊じゃないんだから」

ついに耐《た》えきれなくなって、笑いながら言った。

ニトは拍子抜《ひょうしぬ》けしたような顔でぼくを見上げ、壁から顔を覗《のぞ》かせるようにしておそるおそるお婆さんを見た。

「……い、生きてるんですか？」

「死んでまでわざわざ掃除なんてしないよ」

話も通じるし、お婆さんがやけに立体的なことから、どうやら幽霊ではないらしいぞ、とニトは理解したようだ。む、む、む、と段階的に力を込めながら、ぼくの背中の裾をぎりぎりとねじり上げていく。

「ニトさん、服が伸《の》びちゃうんですけど」

「……からかいましたね？」

「どきどきしたでしょ？」

「血の気が引きました！」

ぼすぼすとぼくの背中に拳《こぶし》を叩《たた》きつけてから、ぷいっと離《はな》れていく。ごめんと謝ってみても、ニトはツンとご機嫌斜《きげんなな》めのままだった。それもまた微笑《ほほえ》ましいのだけれど。

なにやってんだい、とお婆さんがため息をついて、水桶を取りあげた。

「あんたたち、朝飯がまだだろう」

「あ、はい。そうですね」

シャロルに確認するように視線を向けると、彼女も頷《うなず》いた。

「だったらうちにおいで。たいしたものもないけどね。掃除の礼だよ」

お婆さんは言うだけ言って、ぼくらの返事も聞かずに歩いて行ってしまう。

急なお招きにどうしたものかとニトを見ると、ニトもまたぼくを見ていた。

「どうする？」

「どうしましょう？」

そこではたと自分は機嫌が悪かったのだと思い出したみたいに表情を引き締《し》めると、また「ぷい」と顔を背《そむ》け、シャロルに駆《か》け寄った。

「シャロルさん、一緒《いっしょ》にいきませんか」

「……そうね。そうしましょうか」

シャロルが立ち上がると、ニトはシャロルの手を引いた。すっかり拗《す》ねてしまったようだ。

シャロルがぼくに向けて小首を傾げてみせた。残念ね、と言われたような気がして、どうしてか敗北感を感じた。むむむっ。

先を歩く二人に付いていく形でぼくも聖堂を出る。お婆さんは何か乗り物に乗ってきた様子もなく、歩いて坂を下っていく。上がる時にちょっとこれは苦労するだろうな、という坂が続いている。

折れ曲がりながらいくつもの家を通り過ぎて、ふと、誰《だれ》かに見られているような気がした。立ち止まってあたりを見回す。締め切られた窓と扉《とびら》の家が並んでいるだけで、もちろん誰かがいるわけもない。

首を傾げつつ前に向き直れば、少し先でニトとシャロルが立ち止まってこちらを見ていた。待ってくれていたらしい。手を振ってみると、ニトはやっぱり、ぷいっと前を向いて、シャロルと手を繋《つな》いで歩き出した。すっかり気を許しているようだった。並んで歩く後ろ姿を微笑ましく思いつつ、小走りで追う。

お婆さんの家は丘《おか》の中腹《ちゅうふく》にあった。他の家と同じように煉瓦《れんが》塀《べい》で隣《となり》と仕切りを作っていて、扉の上に看板がかけられている。

「なんて書いてあるの？」

「……幽霊はお断りって書いてあります」

「ごめんってば」

苦笑が漏れる。両手を合わせて謝るが、ニトはむすぅっとした膨《ふく》れっ面《つら》である。

「ファゴの靴工房《くつこうぼう》よ」

横合いから教えてくれたシャロルにお礼を言う。ニトが小さく「あっ」と声を漏らしてシャロルを見上げた。

「なにやってんだい。早くお入り」

家の中からしゃんとした声がして、ニトが慌てて扉を開けた。

中に入ると、そこは小さな展示スペースとなっている。壁には棚《たな》が据《す》えられていて、やけに大きな作りのヒールの靴ばかりがいくつも並んでいた。薄暗《うすぐら》い中に革とオイルの独特の甘い香《かお》りがしっとりと漂《ただよ》っている。

奥に続く扉がふたつあって、右端《みぎはし》が開け放たれている。シャロルの背に付いていくと、そこはすっかり生活スペースになっていた。ローテーブルと、大きなキルトのかけられたソファが中央にあって、周囲を囲むように棚やキャビネットが並んでいる。広くはないが住みやすいようにすべてが配置されていて、穏《おだ》やかな居《い》心地《ごこち》の良さが感じられた。

三人掛けのソファの端にニトがちょこんと腰掛《こしか》けている。隣にシャロルが腰を下ろした。ちょっとばかし迷ったが、ぼくもその隣に座った。あとは一人掛けのソファがあるきりで、そこはたぶんお婆《ばあ》さんの座る場所だったから。

ソファからは部屋の奥にあるキッチンの様子が見えた。お婆さんは湯気の立つヤカンをコンロに置いて、ポットとカップの載《の》った盆《ぼん》を持ってこちらに歩いてきた。

「ここいらじゃ緑茶を飲むんだ。あんたたちの口には合わないかもしれないけどね、まあ試してごらん」

「緑茶ですか」

思わず身を乗り出すほど食いついてしまったのだが、ニトもシャロルもまったく平然とした様子だったので、なんだか恥《は》ずかしくなって、そっと腰を戻《もど》した。

「なんだ、あんたの故郷でもあるのかい」

「ええ、同じものかは分かりませんけど……」

ローテーブルに置かれたカップもティーポットも、見た目は紅茶に使われる形をしていた。しかしお婆さんがカップに注《つ》いだお茶は、たしかに緑色をしていた。

「このスパイスを入れて飲むのが一般《いっぱん》的だね。砂糖を入れることもある」

小瓶《こびん》がふたつ置かれた。ニトとシャロルはスパイスを入れていたが、ぼくはそのまま緑茶に口をつけた。

「……うん？」

「同じものかい？」

「……微妙《びみょう》に違《ちが》うというか、ちょっと甘いような……」

懐《なつ》かしさを感じる、ということもなかった。緑茶という名称《めいしょう》と見た目は同じでも、やっぱりこれはこの世界の飲み物なのだ。

「あ、美味《おい》しいです」

ニトが言った。緑茶の表面には薄茶《うすちゃ》色のスパイスが浮《う》いている。

ぼくも小瓶を取って小匙《こさじ》でスパイスを掬《すく》い入れて、一口啜《すす》ってみた。スパイスはミントのような清涼《せいりょう》感があった。味わいがすっきりとしたものになって、癖《くせ》のある風味も抑《おさ》えられている。たしかにそのまま飲むより美味しい。

「飲みながらお待ち。すぐに用意ができるから」

お婆さんはまたキッチンに戻っていく。

半分ほど押し開かれた窓には薄手のカーテンがかけられていて、柔《やわ》らかい風が吹き込むたびに光を散らばせていた。

ぼくらは特に会話をするでもなく、ぼうっと窓を眺《なが》めている。ときたま、思い出したみたいに誰かがカップを取ってお茶を飲む。それはなんだか手に取れてしまいそうなほどゆったりとした朝の時間だった。

それぞれがポットからお茶のお代わりまでもらったころ、お婆さんが両手に皿を持って戻ってくる。それがニトとシャロルの前に置かれて、また往復して、ぼくとお婆さんの分も運ばれてきた。

縁《へり》だけ黄色く塗《ぬ》られた丸皿の上には、半円形の厚いトーストが二枚と、赤黒い豆と玉ねぎのようなものの煮物《にもの》、黄色いマッシュポテトのようなもの、形の残ったオレンジ色のジャム、といったものが盛り付けられている。

ニトとシャロルの顔色をうかがう。別段、戸惑《とまど》った様子もないので、これはありふれた朝食のようだった。

「大したものもないけどね、お上がり」

とお婆さんは言ってフォークを取った。

「ご馳走《ちそう》になります」

ニトがちょっと畏《かしこ》まった様子で頭を下げる。シャロルも横で会釈《えしやく》をするので、ぼくもそれに倣《なら》った。さっそくマッシュポテトを口に運ぶと、つい笑みがこぼれた。

田舎の素朴《そぼく》な料理、と表現すると、普通《ふつう》は少しの揶揄《やゆ》が入るかもしれない。けれどぼくとしては褒《ほ》め言葉として使いたい。薄味だけれど、おかげで素材の味がしっかりと感じられるし、朝から食べるならこれくらいのさっぱりとした味付けがちょうどいい。

なにより、誰かが作ってくれた温かい食事を、食卓《しょくたく》を囲んで食べているのだ。それだけで最高の調味料となっている。

改めて考えると不思議な体験をしているなと思う。昨日出会ったばかりの人の家に招かれて朝食をご馳走になっているのだ。この世界に来ることがなければ一生、そんな機会はなかっただろう。

ぼくは一番に食べ終えてしまって、次はシャロルで、ニトが最後となった。

お婆さんが淹《い》れ直してくれた熱いお茶でひと息ついた頃合《ころあ》いで、ニトがおずおずと話しかけた。

「あの、靴屋さんなんですか？」

「あたしの祖父母の頃からね」

ニトは自分の足元を見下ろして、こそこそと爪先《つまさき》をこすり合わせた。少しばかり言い出しにくそうに間を作って、お婆さんに視線を戻した。

「あの……お、お名前を教えてください」

お婆さんは可笑《おか》しそうに唇《くちびる》の端を吊《つ》り上げた。

「そんなことを訊《き》かれるのは久しぶりな気がするね。ファゴだよ」

「ファゴさん、靴って小さくできますか？」

「そりゃ方法はいろいろとあるけどね。いま履《は》いてる靴のことかい」

ファゴさんは身を乗り出すようにしてテーブル越《ご》しにニトの足元を覗《のぞ》いた。

ぼくも改めてニトの靴を見る。そういえばまじまじと見た記憶《きおく》もなかったが、ニトの体格には不釣《つ》り合いに大きなブーツだった。爪先は毛羽立ち、皺《しわ》も深い。随分《ずいぶん》と履き込まれたものだ。

「たしかに大きいね」

「今は布を詰《つ》めて調整してるんですけど……」

「ちょいと見てみようか。こっちにおいで」

ファゴさんは立ち上がって店舗《てんぽ》へ続く扉を開けた。ニトと一緒にぼくも付いていくことにする。

ファゴさんが向かったのは逆側の扉だった。そこは小さな部屋で、まさに職人の工房と表現するのがぴったりだった。使い込まれて色を深めた大きな机がふたつある。ひとつは壁際《かべぎわ》に。ひとつは部屋の中央に。工具や革、作りかけの靴や木製の足型、金槌《かなづち》やノミなど、靴作りのための道具が並んでいる。

ファゴさんは部屋の隅《すみ》から座面の高い特徴的《とくちょう》な形の椅子《いす》を引っ張ってきた。

「ほら、ここにお座り」

促《うなが》されてニトがよじ登るように座る。ファゴさんは今度は足置き台を用意して、両足を載《の》せるように言った。ニトのブーツの靴紐《くつひも》をほどくと、手慣れた手つきで脱《ぬ》がしてしまう。ニトの小さな素足がちょこんと横に並ぶと、ブーツの大きさがより際立《きわだ》った。

ファゴさんは作業机から丸メガネを取り出して鷲鼻《わしばな》に引っ掛《か》けた。ニトのブーツを持つと、目を細めながら丹念《たんねん》に眺め始める。

「エルフの仕事じゃないね。こりゃミドの作り方だ」

「お母さんが旅先で作ってもらったと言っていました。三十年は履ける靴なのよ、って」

はん、とファゴさんは鼻で笑う。

「三十年？　こりゃブラゴスカの革だよ。手入れを怠《おこた》らなきゃ五十年だって履けるさ」

「ごじゅっ」

目を丸くするニトに、ファゴさんは笑った。

「あんたのお母さんは見る目がある。こいつは希少な革だが、靴にするなら最高の素材さ。物の分からない人間は絶対に手を出さないくらい高級だがね、丁寧《ていねい》に扱《あつか》えば人間より長生きもする。エルフの寿命《じゅみょう》にはさすがに負けるがね」

ファゴさんはブーツの中に詰められた小さな布を引っ張り出す。

「さて、小さく仕立て直すこともできるがね……あんたもずっと小さいままってわけじゃないだろう」

「そう、ですね、たぶん」

ファゴさんは靴底を確認したり、縫《ぬ》い合わせた箇所《かしょ》を撫《な》でたり、ひっきりなしに靴を回しながら隅々《すみずみ》まで目を通した。

「丁寧な仕事をしてるね。バラすよりは中敷《なかじき》と爪先に詰めて調整する方がいいだろうさ」

なるほど、とニトが頷《うなず》いた。

「……それって、時間がかかりますか？」

「あんたの足はまだ小さいから詰め物も大きくなるし、何度か履いて合わせる必要もある。今日明日ってところだろう」

ファゴさんはぼくを見上げた。

「聖堂の表に停まってた車はあんたのかい」

「はい、そうですけど……？」

「だったらちょうどいい。靴の調整料として頼《たの》みたいことがあるんだけどね」

仕事には対価を払《はら》う。それはヤカンを修理してもらったときに教わったことだった。それが良い仕事であればなおさらだ。

申し訳なさそうな顔をするニトに笑って頷きを返して、もちろん構いませんよと答えた。

「古い馴染《なじ》みがまだしぶとく生きてるかどうかを確かめてきてくれるかい。もしくたばってなかったら荷物を渡《わた》しておくれ」

「分かりました。その古い馴染みというのは、どこに住んでるんです？」

「さっき話したメルシャン通りを抜《ぬ》けた先の別荘地だよ」

「けっこう近いですよね。自分で確かめに行ったことはないんですか？」

「あんたみたいに若いか、車がありゃそうできるけどね。あたしらみたいな年寄りには億劫《おっくう》なのさ。行って帰るだけで日が暮れちまう」

ニトの靴を作業台に置いて、ファゴさんは棚《たな》の下段の扉《とびら》を開けた。そこから油紙に包まれた荷物を取り出して戻ってくる。

「別荘地《べっそうち》の一番奥に青い屋根の家がある。そこに住んでる偏屈《へんくつ》なじじいに渡しておくれ。あたしの名前を出せばわかるだろう。もしくたばってたら家の中にでも置いてきて構わないからね」

「すごく遠慮《えんりょ》がないですね……」

荷物を受け取って苦笑してしまう。人の生き死にに関わる話とは思えない口ぶりだ。

「あ、わたしも」

ニトが声を上げたが、自分がすっかり素足なことに気づいたらしい。ぼくもその白くて小さな足を見下ろす。爪《つめ》が桜色に色づいている。

「年頃の娘《むすめ》の足をじろじろ見るんじゃないよあんたは」

そう言われると自分が品のないことをしているように思えた。ぼくは視線をそらしつつ咳払《せきばら》いをして誤魔化《ごまか》した。

「ちょっと行ってくるから、ニトは靴を調整してもらいなよ」

ニトは椅子に両手をついて身体《からだ》をまわし、ぼくを見上げた。ちょこん、という表現がしっくりくるような座り方だ。むむむ、と悩《なや》んでいるのは、調整を後回しにして付いて行くべきかと悩んでいる様子でもあった。

「……お土産《みやげ》、お願いしますね」

「機会があったら逃《のが》さないようにしておくよ」

外に出る前に、さっきの部屋に戻《もど》る。シャロルが目を閉じて座っている。声をかけると、感情を感じさせないほど透《す》き通った瞳《ひとみ》がぼくを見た。

「ちょっと出かけることになったんだ。もしよかったらニトを見ててくれないかな？」

シャロルはわずかに首をかしげた。頬《ほお》の横の髪《かみ》がさらりと揺《ゆ》れた。

「必要はないと思うけれど」

「でも、ほら、一応、心配でさ」

「……そう。いいわ」

頷いて、シャロルは立ち上がった。呆気《あっけ》ない了承《りょうしょう》にぼくの方が言葉に詰まった。

「いいの？　どれくらいかかるのかとか、どこまで行くのかとか訊かなくて」

「別にいいわ。だいたいわかるから」

横を通り過ぎて工房に入っていく背中を見送る。その振《ふ》る舞《ま》いにぼくはううむと唸《うな》った。

「クールだ……」

シャロルに任せていれば安心できると思えるのが不思議だった。出会ってから間もないのだけれど、そう思わせるなにかがあるようだ。ニトも懐《なつ》いているし。

店を出て坂道を登っていく。こうしてひとりで行動するのが久しぶりなことに改めて気づく。それが寂《さび》しいと思う自分がいることがおかしくもあり、嬉《うれ》しくもあった。ずっとひとりで旅をしていた日々のことを、今では懐かしく思えるくらいだ。

下りてきたときよりも時間をかけて聖堂まで戻って、一度、部屋に入ってバックパックを回収する。ヤカンに乗り込み、助手席にバックパックと、預かり物の荷物を置く。ひとりのドライブになるので、賑《にぎ》やかな曲でもかけようかとスマホを取り出した。ポップソングを大音量で流しながら、ヤカンのボイラーに火を入れる。蒸気自動車はボイラーの熱で水を沸《わ》かして動力としているので、余熱が終わるまで発進することができない。ぼくは窓から景色を眺《なが》め、聴《き》き慣れた曲の歌詞を口ずさんだ。

第二幕「箱にセピアを閉じ込めて」

1

湖が近づいてくると、森の中に家屋が建ち並んでいるのが見えた。

村からここまでそう離《はな》れてはいない。なのに、こちらの方が圧倒《あっとう》的に都会の、それも歓《かん》楽《らく》街のように発展している。だいたいが何かの商店や、劇場、酒場のようである。傍目《はため》にもすぐにカジノだと分かる派手なものもあった。かつては賑《にぎ》やかであったろう通りは今ではもぬけの殻《から》で、ただの街並みよりも一層に物悲しさを感じさせた。

ヤカンの速度を落とし、周囲を確かめながらゆっくりと抜けていく。そのうちにまた、石畳《いしだたみ》の道は土に変わり、だんだんと細くなっていく。木立の影《かげ》を進んでいくと、急に光がさした。

左手側に水面が見えた。大きな湖だ。空の色を写したようにすっきりとした青色が、太陽の光を照り返している。対岸が見えなければ海のようにも思えただろう。

そこから一本道はゆるやかな傾斜《けいしゃ》で登っていき、一軒《いっけん》、また一軒と大きな家を通り過ぎた。木造の瀟洒《しょうしゃ》な造りの家は見た目からして別荘《べっそう》という雰囲気《ふんいき》だった。ファゴさんが言うには、目当てのお爺《じい》さんは一番奥に住んでいるそうなので、まっすぐに道を進んでいく。

やがてぽつんと離れた場所に建つ、こぢんまりとした家が見えた。積み重ねた年季が染み込んだように濃《こ》い色をした木造の家だ。家の前が広場になっているけれど、車もなにも停まってはいない。

ぼくは家の玄関《げんかん》の前にヤカンを停めた。家の周りは青く茂《しげ》る木々に囲まれていたが、家の正面は切り開かれていて、真正面に湖を見下ろす形になっている。この辺りで一番の見晴らしだろう。こんな一等地に建っているにしては控《ひか》えめな外観に少しばかりの疑問を持ちつつ、ぼくはポーチに上がって扉《とびら》に向かう。

扉の外には網戸《あみど》がついていて、ちょっとした二重扉のようだ。網戸だけを開けてノックするが、反応がない。

窓から覗《のぞ》いてみるけれど、中はすっかり暗いために、家具が並んでいるということくらいしか分からなかった。

ふとポーチに置かれた安楽椅子《いす》に目がいった。近づいて確かめてみる。外に置きっぱなしにされているのに、座面は汚《よご》れもなく綺麗《きれい》だった。誰《だれ》かが手入れをしているに違《ちが》いない。

ざ、と砂を踏《ふ》む音が聞こえた。湖のほうに振り返ると、ちょうど、その人が斜面《しゃめん》をあがってくるところだった。

視線が合った。

ぼくは目を丸くした。相手も丸い目をしていた。ただ、それは比喩《ひゆ》表現ではなく、物理的に丸い……言うなれば、くりくりとした可愛らしい目である。

「なんだね、君は」

と、その人が言った。それは老齢《ろうれい》の男性の、かすかにひび割れた揺《ゆ》らぎを語尾《ごび》に残す声だった。

ただ、ぼくの目が確かであるならば、そこに立っているのは人間ではなかった。折り目の付いたズボンと、清潔そうなシャツを着て、顔にぶち柄《がら》のある大きなモルモットが喋《しゃべ》っていた。

「……ええ、ああ、はい」

「どれも返事になっていないな」

モルモット……さん、は肩《かた》に釣竿《つりざお》を担《かつ》ぎ、手に魚を提《さ》げている。それがぼくの腕《うで》ほどの大きさもあるのだから、ますます混乱してしまう。モルモットって魚を食べるんだっけ？

彼はとくに警戒《けいかい》した様子もなくこちらに歩いてくると、ぼくの横を通り過ぎてしまった。

背中を見送ってようやく、動揺《どうよう》も落ち着いてくる。

そうだ、ここは異世界なのだ。そりゃ、二足歩行で魚釣りをして渋《しぶ》いおじさんの声で話すモルモットだっているさ。ニトだってハーフエルフだというし。そもそもエルフがどんな存在なのかもよく知らないけれども。

ぼくは小走りで駆《か》け寄り、家に入ろうとしているモルモットさんに声をかけた。

「あの！　ファゴさんから荷物を預かってるんです」

「ほう。まだ生きていたのか。伝票の控えを捨てずにいてよかったよ」

モルモットさんはそう答えて、ひとりで中に入ってしまった。

ぼくはヤカンの助手席から預かった荷物を取り出し、改めてドアをノックする。今度は目的の人がいるのはわかっているのだけれど、返事はない。仕方なく扉をあけて中に入った。

そこに廊下《ろうか》はなく、すぐにリビングに繋《つな》がっていた。ぼくは嘆息《たんそく》しながら、まじまじと部屋を見回《みまわ》した。ソファやテーブル、本棚《ほんだな》など、並んでいるものはありふれているのに、全てが調和している。それはデザインのせいかもしれないし、赤褐色《せっかっしょく》で統一されているからかもしれないし、配置のせいなのかもしれない。

「見せてもらおうか」

奥の部屋からモルモットさんが手を拭《ふ》きながらやってきた。彼は布巾《ふきん》を畳《たた》むとソファの背にかけ、ぼくの前に立った。

ぼくが差し出した油紙に包まれた荷物を受け取ると、片手で油紙を開く。そこに入っていたのは一足のブーツだった。この部屋の家具と同じ赤褐色だったが、爪先《つまさき》の丸い部分にはつるりと滑《なめ》らかな光沢《こうたく》が入っている。丁寧《ていねい》に磨《みが》き込まれた輝《かがや》きだった。

モルモットさんは「ふむ」と頷《うなず》いて、ソファに腰掛《こしか》け、ブーツを足元に置いた。手早く履《は》いていた靴《くつ》を脱《ぬ》ぎ、新しい靴に足を通した。そして部屋の中を行ったり来たりと歩き始める。

「それで、ファゴの様子はどうだね」

履き心地《ごこち》を確かめるように足元を見ながらモルモットさんが言った。

「元気、だと思います。今朝も聖堂の掃除《そうじ》をしていました」

「あれはファゴの重要な習慣なのだろう。世界が滅《ほろ》びても尚《なお》続けていることには感心する」

ぴたりと立ち止まり、モルモットさんはぼくを見た。そこに表情を見ることはできない。ぼくは大きなモルモットと向かい合っているようでしかなくて、奇妙《きみょう》な感覚だった。

「これは興味本位なんだが、異世界の人間も習慣に縛《しば》られているのかね？」

ぼくは「うえっ」と声をあげた。

「別に驚《おどろ》くことでもないだろう。君は私の姿に戸惑《とまど》っているようだが、獣人《じゅうじん》や亜人《あじん》は珍《めずら》しいものでもない。それを初めて見たような顔をするのは、せいぜいが異世界人くらいだ。私にとっては君の方が興味深い存在に思えるがね」

整然とした説明は納得のいくものだった。目の前のモルモットさんより、ぼくの方が興味深いという点については疑問が残るけれど。

「まあ、いいだろう」

モルモットさんは頷き、折《お》り畳まれた紙を胸ポケットから取り出してぼくに差し向けた。

「受領証だ。サインもしてある」

ぼくが受け取るのを確認すると、モルモットさんは背を向けた。

「私は魚を捌《さば》かねばならない。これで失礼するよ。ファゴに礼を伝えてくれ」

ソファの背にかけた布巾を取り上げ、奥の部屋に戻《もど》っていく。ぼくは部屋に残されて、立っているだけだった。

まるでモルモットに服を着せたような見た目の人がいることには驚いた。しかしそれより、モルモットさんの態度に違和《いわ》感を感じた。

なぜなら、あまりに普通《ふつう》だったからだ。まるで何事もないような日常の雰囲気みたいなものをまとっていた。

　魚を釣って、荷物を受け取って、新しい靴の履き心地を試す。

とても滅びつつある世界で生きているようには思えない。五年前も、五年後も、あの人は今日と同じ心持ちで過ごしているのかもしれない。

　なにかこれと定めて訊《き》きたいことがあるわけではないけれど、もう少し話をしてみたいと思った。ただ、それだけのことで部屋の奥に向けて呼びかけるのも図々しいように思えて、ぼくは諦《あきら》めて家を出る。

　外は真昼に近づいていた。太陽が光を落とし、地面には葉影がくっきりと映しだされている。じっと立っていると頬《ほお》が少しずつ焼けるようだった。眼下に広がる湖の穏《おだ》やかな波間に光の粒《つぶ》が散っている。

　別荘なんて必要だろうかと思うことがあったけれど、今はその価値がちょっとだけ理解できた。日差しの鮮《あざ》やかな季節に、こうして穏やかな青色に満ちた湖を眺《なが》めて過ごせたらそりゃ気持ちが良いだろう。

　広場の端《はし》まで寄って行くと、そこから下に降りる階段が作られていることに気づく。舗《ほ》装《そう》されているわけではなくて、階段状に土を掘《ほ》って踏み固《かた》めて、木の板や細い丸太を埋《う》めて足場にした簡素なものだ。

まっすぐ降りて行くと、その先の桟橋《さんばし》に小舟《こぶね》が一艘《そう》だけ係留されていた。モルモットさんはあれに乗って釣りをしてきたのだろう。

「……理想の老後みたいな生活だ」

あまりに穏やかすぎる。

そこでちょっとばかし湖を眺めてから、また階段を登ってヤカンに戻った。ハンドルを切りながらゆっくりとスロットルレバーを押し上げ、また林道を走る。

メルシャン通りに戻ってくると、そこはやっぱり物寂《ものさび》しい光景に見えた。自然を切り開いて作られた人工の場所なのに、それを利用する人の気配がないからだろうか。木々に囲まれた中に並ぶ家屋は違和感となって浮《う》いている。

通りを半ばまで過ぎたあたりの道路の真ん中に椅子が一脚《いっきゃく》、置かれていた。仕方なく手前にヤカンを停めて、ぼくはふと考えた。

なんだってこんなところに椅子が？

背筋がぞわっとした。ここに来る時、椅子はなかった。誰かが置いたのだし、何のために置いたのかといえば、それはぼくをここで足止めするために違いない。

誰かがいる。

そう思った時、運転席の窓が叩《たた》かれた。そこに人が立っていた。

2

思わず目を見開いて反応が遅《おく》れたのは、もちろん驚いたからだった。

ただ、何に驚いたかというと、複数の要素が絡《から》み合っている。

まず、そこに立派な体格の男性がいて、急に窓を叩かれたこと。その人は手に頑丈《がんじょう》そうな錆《さ》びた鉄の棒を握《にぎ》っていたこと。最後に、顔に厚い化粧《けしょう》をして、金髪《きんぱつ》を長く伸《の》ばし、女性ものの派手なドレスを着ていたこと。

目が合うと、その人はちょんちょん、と指先で窓を叩いた。

ぼくはほとんど動きを止めてしまった脳みそでもって右腕《みぎうで》を動かし、ドアについたハンドルを回した。軋《きし》み音をあげながら窓がゆっくりと下がっていく。

「急に停めて悪かったわね。ところで、あんた、なにもの？」

「なにものって、それはこっちが訊きたいというか……」

目の前の男性……は、やけに慣れた裏声で女性的に話した。

「まあ、そうよね。いいわ、あたしはポーラ」

「……ポーラ、さん」

「そう。ポーラよ」

「……」

がん、と強めにドアをノックされた。ぼくは肩がびくりと震《ふる》えた。

「自己紹介《しょうかい》でしょ、鈍《にぶ》いわね。あんたの名前は？」

「……ケースケです」

「いいわ、ケースケ、あんたは何しに来たの。あの村に」

ポーラさんは紫《むらさき》のアイシャドウを塗《ぬ》った目を細めてぼくに訊いた。

「何、というか、道に迷ってたどり着いただけなんですけど」

「ならただの旅行者ってこと？」

「そう、ですね。ちょっとだけ行商みたいなこともしてますけど」

ポーラさんはぼくをまじまじと見つめていた。そのうちに何度か頷いて、手に持っていた鉄の棒を後ろに放り投げた。からぁん、と甲高《かんだか》い音が響《ひび》いた。

「だったらいいわ。ごめんなさいね、驚かせたでしょう」

手を払《はら》いながら明るく言われる。

「そりゃ驚きましたけど……正確には継続《けいぞく》して驚いてますけど……あの、ポーラさんはここに住んでるんですか？」

「ええ、そうよ。あの劇場にね」

と指差すのは、さっきぼくが通り過ぎた大きな建物だった。

「あなた、暇《ひま》なら来ない？　お詫《わ》びも兼《か》ねて歓迎《かんげい》するわよ」

強烈《きょうれつ》なウインクをされて、首を振《ふ》って断る勇気を打ち砕《くだ》かれたみたいだった。同時に、このインパクト絶大なポーラさんに好奇心《こうき》が湧《わ》いてしまったということもある。

「そう、ですね」

「ならちょうどいいわ。横、乗せてもらうわね」

ポーラさんは小走りで車を回り込み、助手席のドアを開けて乗り込んでくる。やっぱり明らかにぼくより身長が高く、その腕にはたくましい筋肉が付いている。けれど女性らしい柑橘《かんきつ》のような甘い香《かお》りがして、脳がちょっとばかし混乱した。

ぼくが確かめるようにポーラさんを見ていると、彼……いや、彼女は、恥《は》じらうように頬に手を当てた。

「あらやだ、そんなに見つめるのは不躾《ぶしつけ》でしょ」

「……すみません」

さっきは大きなモルモットさんだったし、今度はたくましい男性……あるいは女性だ。

密度が濃《こ》いな……と内心で呟《つぶや》いて、ヤカンを切り返して劇場に向かわせる。

何を話すべきかを悩《なや》んでいるうちに、すぐに正面出入り口についてしまう。ポーラさんはドアを開けてさっさと降りてしまったので、ぼくも運転席から降りて回り込む。

ガラス扉《とびら》の向こうは暗く沈んでいて、普通の家よりも廃墟《はいきょ》然とした雰囲気《ふんいき》が満ちていた。ポーラさんは至極《しごく》平然とした様子で中に入っていく。

入ってすぐ小さなホールのようになっていた。正面には受付のカウンターがあって、それを挟《はさ》むように左右に扉がついているが、両方とも開け放たれている。その先はもちろん見通せないほど暗い。

「こっちよ」

と先導して、右の扉を進んでいく。

中は埃《ほこり》と古びた布の香りがした。背後から照らす光だけが光源で、くっきりと四角い枠《わく》が床《ゆか》にできていて、その中央にぼくの影《かげ》が立っている。急激に暗い場所に入ってしまったために目が慣れず、ほとんど何も見えない。ポーラさんの足音が遠ざかっていく。

手探りでおずおずと進むと、並んだ椅子《いす》の背もたれを見つけた。それを掴《つか》んで、また前の椅子の背中を探し、頼《たよ》りなく進んでいく。

と、不意にノイズが流れた。ざ、ざ、ざざ。金属が擦《こす》れるような音。やがてそれはカスタネットのようなシンプルな、ただリズムを刻む音に変わった。

戸惑いはやがて集中に変わった。

正面の舞台《ぶたい》が光に浮かび上がったからだ。

ランタンとは思えないほど強く、まっすぐな光が差し掛《か》けられて、舞台が輝《かがや》いている。カスタネットのリズムの上に、かすれた音楽が始まっている。ドン、と力強い響きは、舞台の上で鳴ったものだった。

舞台袖《そで》からポーラさんが飛び出した。ドレスの裾《すそ》を靡《なび》かせながら舞台の中央に立ち、くるりと回転した。ドレスが光の中で跡《あと》を引く。頭上に伸ばされた腕はゆっくりとぼくに向けられ、誘《さそ》うように指を丸めた。

音楽はだんだんと激しく情熱的になり、それに比例して、ポーラさんの踊《おど》りもまた激しくなる。大きな身体《からだ》を存分に振り回しながら、しかし女性的な、どこか艶《なまめ》かしい曲線を描《えが》いている。

ぼくはたしかに驚《おどろ》きを感じていたのに、いつの間にか見入ってしまっていた。椅子の背もたれをぎゅっと握っていた。

音楽が止《や》んだ。ポーラさんがダンスを止める。両手足はぴたりと定まっている。ぼくは拍手《はくしゅ》をした。力一杯《いっぱい》にである。

ポーラさんは息も荒《あら》く肩《かた》を上下させていたが、にこりと笑ってぼくに一礼した。それから舞台袖に消えて、脇《わき》の扉から出てくる。

「どう？　楽しんでもらえたかしら」

ポーラさんの息はまだ落ち着かず、そばにいるだけで身体にこもった熱気が伝わってきた。

「すごかったです」としか言えない感情だった。「ダンサーだったんですね」

「正確にはそうなりたかった、ね」

「ここで踊っていた、というわけじゃないんですか？」

ポーラさんは口元を隠《かく》して愉快《ゆかい》そうに笑った。ちょっとばかし男性の片鱗《へんりん》の見える、豪《ごう》快《かい》な笑い方だった。

「こんなお上品な場所であたしが踊れるわけないじゃない。ここに来たのは、そうね、あなたと同じ旅の果てって感じよ」

「はあ……旅の果てにこの劇場で踊ってるんですか？」

「だって他にすることもないじゃない？」

片手をひらりと振ってポーラさんは言った。

「いつかそうできたらとは思っても、叶《かな》うものでもなかったし……でもさすがに観客がいないのには退屈《たいくつ》してたの。ケーちゃんが来てくれて助かったわ。久しぶりに熱が入ったもの」

ケーちゃん？

ちょっとばかし艶かしい、怪《あや》しげな雰囲気のある目を向けられて、ぼくは背筋がびりびりと震えた。そっと後ろに下がった。

ポーラさんは悪戯《いたずら》っぽく笑うと、「ウブねえ」と呟く。

そういうことじゃない、と言い返したかったが、ポーラさんが妙《みょう》に大人っぽい雰囲気を醸《かも》し出している点では、間違《まちが》っていない。

「そうだ、あなたに紹介しなくちゃ」

思い出したみたいに言って、ポーラさんは舞台の方へ顔を向け、ちょっとばかし気の抜《ぬ》ける甲高い裏声で「ジルぅ」と名前を呼んだ。こんなに甘ったるい語尾《ごび》をぼくは初めて聞いた。

甘い反響《はんきょう》も消えると、しんと静けさが戻《もど》ってくる。ジルという人の姿も、声も、現れないでいる。

ポーラさんは腰《こし》に手を当て、分厚い胸板《むないた》を張りながらため息をついた。

「あの子ったら、本当に人見知りなんだから」

ちょっと待ってて、と言い残して、彼女はまた舞台脇の扉に消えていった。ほどなくして戻ってきたときには女性の手を引いていた。ぼくの前に押しやるようにして、その肩に手を置く。

「はい、これがジルよ。ジル、これがケーちゃん。あたしたちの観客」

ジルという女性は身体を小さく丸めようとするみたいに手を組み、落ち着かない様子でわずかに首を振っていた。視線もあっちへこっちへと揺《ゆ》れている。

「えっと、こんにちは」

とりあえず挨拶《あいさつ》をしてみると、ジルさんはびくりと肩を跳《は》ねさせて、小刻みに何度も頷《うなず》いた。

「……ち、は」

声があまりにか細いために、語尾を聞き取ることしかできなかった。ポーラさんが人見知り、と言った意味がよくわかった。

「見ての通りちょっとばかし引っ込み思案だけどね、この子、歌うとすごいのよ」

「歌手なんですか？」

それは予想外だった。今の様子からは舞台で堂々と歌っている姿が想像できない。

ジルさんは慌《あわ》てたようにぶんぶんと首を横に振った。長く垂らした三つ編みが揺れている。

「ちがっ、あの、とんでもない……っ」

とだけ言うと、ついに堪《こら》えきれなくなったらしい。ポーラさんの後ろにばたばたと駆《か》けこんでしまった。

「あら、もう、仕方ない子ね。見ての通りの性格だから、今まで舞台に立ったこともなかったらしいのよ。こんな劇場、すぐにいっぱいにできたでしょうに。聴《き》いていると身体が震えて、背筋がぞくぞくしちゃう歌声なのよ。もう、魔法《まほう》なんじゃないかってくらい」

「それは、是非《ぜひ》とも聴いてみたいですね」

「そうでしょ？　あの歌声と一緒《いっしょ》に踊れたらもう、死んでもいいわってくらい気持ちいいと思ってるのよね」

だから歌ってくれなぁい？

と、ポーラさんが自分の肩越《ご》しにジルさんに訊《たず》ねるが、返事はなかった。ただ、ポーラさんが苦笑したところを見ると、さっきみたいに必死に首を振っているんだろうなと予想はついた。

それほど良い歌声を持っているなら胸を張ればいいと思うのだけれど、そう簡単な話でもないんだろうな。性格ばかりは理屈《りくつ》でどうこうできるものでもないだろうし。

「二人はここで歌ったり踊ったりしながら過ごしてるんですか？」

ポーラさんは頷く。

「ええ、そんなとこ。お金を稼《かせ》ぐ必要もなくなったし、食糧《しょくりょう》は保管庫に山積みになってるし、やりたいことだけやってるわ」

「保管庫？」

ぼくの鋭《するど》い聴覚《ちょうかく》はその単語を聞き逃《のが》さなかった。

「そ。ここの別荘《べっそう》に避難《ひなん》してきたお金持ちがたくさんいたらしいのよ。一緒に食料や必需《ひつじゅ》品をそりゃたくさん持ってきて、通りの端《はじ》っこにある倉庫にしまいこんだわけ。それが山積みで残ってるの」

「……それ、分けてもらってもいいですかね、ぼくも」

「そりゃもともとあたしたちの物でもないし、好きにすればいいと思うけど」

そこで言葉を止めて、ポーラさんは唇《くちびる》に人差し指をあてて考え込んだ。それからにんまりと笑みを浮《う》かべると、ぼくに顔を寄せた。

「やっぱりだめだわ。あれは、そう、ここに住む人のための物資だもの。でも、ケーちゃんが協力してくれるなら、分けてあげてもいいわね」

なんでだろう。たぶん、普通《ふつう》の交換《こうかん》条件の話をしているのだと思う。でもポーラさんを前にすると、悪魔と取引をしているような怪しい雰囲気が漂《ただよ》っている気がしてしまう。

思わずごくりと唾《つば》を飲み込み、「協力とは、なんですか」と訊《き》いた。

「お客さんになってほしいの」

「……はい？」

「さっきも言ったでしょう。こんなに良い劇場で舞台を独り占《じ》めできるのに、あたしたちには観客がいないの。視線も、拍手も、称賛《しょうさん》も！　あの懐《なつ》かしい罵声《ばせい》だって今なら大歓迎《かんげい》だわ。空席だらけを前にして踊るのにも飽《あ》きちゃったのよ」

両手を真横に広げて天を仰《あお》ぐ動作は演劇のようだった。とにかく身振《みぶ》り手振りが特徴《とくちょう》的なのだ、ポーラさんは。

「だから、この劇場に観に来てちょうだい。あたしの踊りと」

言葉を止めて、背後に隠れたジルさんを引っ張り出した。

「この子の歌をね」

「えっ、き、きいてない、それっ……」

「……ジルさんは了承《りょうしょう》してないみたいですけど、大丈夫《だいじょうぶ》ですか？」

「いいのよ。やろうとしなければいつまでもできないままだもの。こんな世の中で観客が来てくれるなんてもうないかもしれないわ。幸運の女神は前髪《まえがみ》しかないって言うでしょう？　現れたら思い切り摑んでやるだけよ」

ジルさんの前髪をぴんと引っ張って言い聞かせたポーラさんはそのままぼくに流し目を向けてウインクをした。

交換条件という形にはなっているけれど、ぼくには不満も損もない話だった。底が見え始めていた食料を補給できるだけでなく、劇場でダンスや、あるいはもしかすると歌を観賞できるのだ。退屈しきっていたぼくの日常にとっては潤《うるお》いが増えると言っていい。

「もちろん、協力します」

「良かった！　ケーちゃんってば良い子ね！」

がばっと両手を開いてぼくの方に向き直ったので、慌てて飛び退《の》いた。今までの人生で最も俊敏《しゅんびん》な反応を見せた気がする。あの逞《たくま》しい胸と腕《うで》で抱《だ》きしめられたら、窒息死《ちっそくし》しそうだった。

「……それは、遠慮《えんりょ》しておきます」

「もう、照れ屋さんね」

ポーラさんは残念そうに両手を下ろした。

「さっそく保管庫に案内しましょうか？　それともジルの歌声を聴いてみる？」

話を向けられたジルさんは、三つ編みが千切れそうなくらい首を横に振っている。ぼくが是非そうしたいと答えたらその場で気絶してしまいそうだ。

「先に済ませたい用事があるので、とりあえず村に戻ろうと思います」

ニトとシャロルを待たせたままであるし、どうせなら二人も誘《さそ》いたいところだった。

「ついでに、観客をもうちょっと連れてきますよ」

「あら、素敵」

胸の前で手を組み、乙女《おとめ》のようにポーラさんが声を上擦《うわず》らせた。隣《となり》でジルさんはますます首を振っていた。本当に人が苦手らしい。

「ケーちゃんはしばらくあの聖堂に滞在《たいざい》するの？」

詳《くわ》しい予定を組んでいるわけではなかった。次の宿に予約をいれているわけでもないし、帰りの飛行機の時間が決まっているわけでもない。

ぼくとニトの旅は、手帳に描《か》かれた場所を転々と目指していくもので、そのために地図が必要だからここに留《とど》まっているわけで。

だからいつまでいるのかといえば、あの聖堂の書庫で地図が見つかるか、あるいは地図がないとわかるまで、ということになるだろう。それだってニトとシャロルに任せるしかないし、ニトは読書に夢中になってしまうので、すぐに見つかるとも思えなかった。

「二、三日よりは長いと思います。たぶん」

「そう。だったら暇《ひま》な時があればいつでも来てちょうだい。より一層、練習に身が入るわ。ね、ジル」

ジルさんは泣きそうなほど眉尻《まゆじり》を下げて必死に首を振っていた。

「ほら、ジルもやる気に満ち溢《あふ》れてるわ」

「それ本気で言ってます？」

「大丈夫。痛いのも怖《こわ》いのも最初だけよ」

ぼくはそのことについては何も訊き返さないことにした。藪《やぶ》をつついて蛇《へび》を出したら、もう目も当てられない。

3

ファゴさんの家に戻ると昼食がすでに用意されていて、恐縮《きょうしゅく》しながらもしっかりご馳走《ちそう》になってしまった。

ニトとファゴさんは靴《くつ》のサイズ調整にかかりきりで、シャロルはぼくと入れ違うように書庫に戻ってしまった。なのでソファにひとりきりで時間をもてあましている。

食後のお茶は美味《おい》しいのだけれど、ティーポットは話し相手にはなってくれない。あまりの退屈《たいくつ》さに視線ばかりがさまよって、室内のひとつひとつを眺《なが》めている。

壁《かべ》には板が打ちつけられて、三段ばかしの棚《たな》ができていた。いくつもの写真立てが丁寧《ていねい》に並べられている中でひとつだけが伏《ふ》せられている。それがどうにも気になってしまって、ぼくは深く考えずに立ち上がり、その写真立てを取った。

そこには若い女性と男の子が写っていた。二人ともお粧《めか》しをしていて、男の子は少しばかり緊張《きんちょう》した顔をしている。ファゴさんの息子、だろうか。

他に並んだ写真を見ると、不思議なことに男の子がまるで写っていない。ファゴさんと、旦那《だんな》さんらしき男性と、娘《むすめ》さんは写っている。小さな女の子が大人の女性となり、若い男性と小さな子供と並ぶまでの写真はあるのに、男の子の姿はこの一枚きりだった。

「その子は死んだのさ」

ぼくは慌てて写真立てを戻《もど》そうとした。けれどそれも今さらだった。ばつの悪い心持ちで振り返ると、ファゴさんが部屋に入ってくるところだった。後ろにはニトがついてきていた。

「……すみません。勝手に」

「伏せてある写真まで見るのは感心できないね」

返す言葉もなかった。写真立てをそっと棚に戻す。

「病気、ですか？」

「いいや。あたしたちが殺しちまったのさ」

思いもかけない言葉に、ぼくもニトも、ファゴさんの顔を見つめた。彼女は冗談《じょうだん》を言ったように笑うでもなく、至極《しごく》まじめな顔をしていた。

「子どもを育てるってのは難しいもんだ。どんなに大事にしてたってね。親もただの人間だ」

ティーポットからカップにお茶を注《つ》ぎながら、彼女は言った。

抽象《ちゅうしょう》的な言葉の意味合いを、ぼくははっきりと理解できなかった。ニトもそうだろう。ファゴさんの雰囲気《ふんいき》は変わった様子もないけれど、どう考えても個人の事情に踏《ふ》み入る繊細《せんさい》な問題に違いなかった。そこを深く訊いてもいいものか分からず、ぼくは黙《だま》っていた。

「後悔《こうかい》、してるんですか？」

ニトが言った。

「後悔？」

ファゴさんが繰《く》り返した。目を閉じてカップを口元まで運んで、

「野暮《やぼ》なことを訊くね、あんたも。そんなことをして何になる？　後悔しても懺悔《ざんげ》しても祈《いの》っても、子どもは帰ってきやしないんだよ」

カップを傾《かたむ》け、お茶を飲み、細長く息を吐《は》いた。その吐息《といき》はあまりに重たげだった。ニトが再び、口を開いた。ぼくは首を振ってそれを窘《たしな》めた。家族の問題というのは最も個人的な問題のひとつだ。他人が好奇心《こうき》でほじくり返すことは無作法に過ぎる。どんな事情があったとしても、当人たちにしか理解も解決もできないのだから。

ニトは唇を引き結び、こくりと頷《うなず》いた。その足はいつも通りのブーツを履《は》いている。調整が済んだのだろう。

「……それじゃ、そろそろ失礼します」

「ああ。明日またおいで。靴の調子を聞かせてもらうからね」

空気が悪いというわけではない。ファゴさんを怒《おこ》らせたわけでもない。居座って同じ空間を共有するには、ぼくらがあまりに他人すぎたというだけで。

ぼくとニトはファゴさんの家をあとにした。会話をするでもなくヤカンに乗り込み、車を発進させた。坂をゆっくりと下っていく。聖堂に戻るためには車を転回させる必要があった。この辺りは道が狭《せま》いために、一度、広い場所まで下がるしかない。

「……なにがあったんでしょう」

ぽつりとニトが言う。彼女は感性が豊かで、純真で、だから他人の問題を自分のことのように考える癖《くせ》がある。

「なにがあったにしろ、ぼくらが訊《たず》ねていいことじゃないと思う」

「でも、お子さんを殺してしまったって」

「家庭のことだから」

ニトは言葉を詰《つ》めた。ぼくの顔に向けられる視線を感じた。

前庭の広い家があった。ハンドルを切ってヤカンを乗り入れ、バックで道に戻る。

「……ケースケは、気になりませんか？」

「気にはなるよ、もちろん。でも、訊いてもどうしようもないと思う。もし本当にファゴさんが子どもを殺していたとしても」

道を戻るように登っていく。ヤカンがずいぶんと重く感じた。ファゴさんの家の前を通り過ぎる。

「ひとりで抱《かか》えるよりは、話してしまうことで楽になることもあるんじゃないでしょうか」

「それはあると思うよ。ひとりで抱えるよりは楽になるかもしれない」

でも、とぼくは言う。

「それは話す人が決めることで、ぼくらが訊《き》き出すことじゃないんじゃないかな」

「……なんだか、突《つ》き放《はな》した態度に思えます」

「そりゃ、言い出しにくいことを訊き出してあげるっていうのも優しさなのかもしれないけどさ。それは神さまの役割だよ。ぼくらは神さまじゃない。ああ、いや、聖女さまだっけ」

昨日、ファゴさんは聖女の像に祈っていた。何を祈っていたのか、分かるわけもない。子どものことかもしれないし、そうじゃないかもしれない。けれど祈りというのは、たぶんそういうものだ。

返事がないので横目で見やると、ニトは頰《ほお》をわずかに膨《ふく》らませて、むっと座り込んでいた。それは彼女の優しさに起因した不満だった。好奇心やお節介《せっかい》と切り捨てるには、ニトは純粋《じゅんすい》すぎる。人の悩《なや》みに理解を示すことで、あるいはそれを共有することで、誰《だれ》かの気持ちを楽にしてあげたいと考えることができる子なのだ。

「靴の調整は終わったの？」

話題を変えたのは丸わかりだったが、ニトはそのことに文句は言わなかった。ちょっとばかし拗《す》ねた調子を語尾《ごび》に残してはいたけれど。

「……わたしの足の形に合わせたクッションを詰めてもらいました。調子が悪ければ、明日また調整してくれるそうです」

「今のところの履き心地《ここち》は？」

「良好です」

また独特な言葉遣《づか》いだなと、苦笑が漏《も》れた。

坂を登りきって聖堂前の広場に入り、出入り口の前にヤカンを停車させた。腕《うで》時計を確認する。すでに日暮れが近づいている。今日はもう出かけることもないだろうと判断して、ボイラーの火も落とした。

ヤカンから一足先に降りたニトは、聖堂の扉《とびら》の前でぼくを待っていた。

「そういえば、お届け物は渡《わた》せたんですか？」

「あ」

とっさに胸ポケットに手をやった。そこにモルモットさんから受け取った受領証が入ったままになっている。すっかり頭から抜《ぬ》け落ちていた。

「……今から渡しに行こうかな」

振り返ると正面に夕日がある。夏を控《ひか》えた太陽の動きは緩《ゆる》やかで、日が落ちるまでには余《よ》裕《ゆう》があるだろう。しかし車でやっと登ってきた坂道を、また往復するのはちょっとばかし億劫《おっくう》だった。ヤカンのボイラーの火を落としてしまったことが余計にそう感じさせた。

感情が顔に出ていたらしい。ニトはぼくの顔を見上げて小さく笑った。

「明日にしますか？」

少し悩む。至急の物でもなかったようだし、問題はない気がした。ファゴさんは明日の朝もこの聖堂の手入れにやって来るだろうし、ニトの靴の調整のために店にも行くし、文字通り明日にしたっていい。ちょっとばかしの心残りを抱えて眠《ねむ》ってしまえば済むことだ。

明日にしよう、と言いかけて、ふと思いついた。

「こういう時はプロに任せよう」

首をかしげるニトを連れて聖堂に入り、書庫に向かう。ちょうど本を閉じて立ち上がったシャロルがいた。

「仕事の依頼《いらい》がしたいんだけど」

この時ばかりはシャロルも予想外だったらしい。きょとんとした表情を見ることができた。すぐにいつもの無表情に戻ってしまったけれど。

「あなたって突然《とつぜん》なのね」

「届け屋さんに頼《たの》むのにぴったりのことがあって。でも君には難しいかな？」

ちょっとばかし挑発《ちょうはつ》するみたいに言う。シャロルは持っていた本を本棚《ほんだな》に戻し、ぼくに向き直った。

「どんな依頼？」

ぼくはポケットから受領証を取り出し、シャロルに差し出した。

「これをファゴさんに渡してきてほしい」

「……子どものおつかいみたいね」

まあ、たしかにそうなんだけれども。

「それだけじゃない。こっちの方が重大なんだ。その受領証を渡したらそのままメルシャン通りの劇場に行くんだ。通りの中で一番大きな建物だからすぐに分かる。中にポーラさんという人がいるから、ケースケに言われて来たと伝えて。それで分かるはずだから」

シャロルは訝《いぶか》しげに眉《まゆ》をひそめた。

「目的がよく分からないわ」

「大事なのは、君にこれができるかどうかじゃない？」

「……いいわ。報酬《ほうしゅう》は？」

「今日の夕食。それから、君が今までに体験したことがない驚《おどろ》き」

「口だけが達者な人って、私は嫌《きら》いよ」

ぼくは何も言わずに笑いかけた。シャロルはぼくを観察するように見つめていたが、ふっとまぶたを下ろすと、受領証をぼくの手から引き抜いた。

「期待してあげる。少しだけね」

書庫を出ていく彼女の背中を見送って、ぼくは笑いを堪《こら》えた。ちょっとした悪戯《いたずら》である。

人生にはこういう潤《うるお》いがないとね、うん。

ニトがぼくの上着の裾《すそ》を引いた。

「何ですか、今までに体験したことがない驚きって。わたしも気になります」

好奇心という輝《かがや》きをいっぱいに瞳《ひとみ》にたたえてニトが言う。

「……君にはまだ早いかな」

「どういう意味ですか⁉」

「いや、刺激《しげき》というか、なんというか」

しかしそれでニトが誤魔化《ごまか》されるわけもなかった。結局、根掘《ねほ》り葉掘りと訊き出されて、わたしも行きたいですと駄々《だだ》をこねるニトに、また明日ね、と約束することになった。

4

蒸気エンジンの独特の排気《はいき》音と砂利を踏《ふ》むタイヤの音が窓の外から聞こえた。ぼくはバーナーに点火した。シャロルの帰りを待っていたのだ。

聖堂の扉が開く音がかすかに耳に届く。それから廊下《ろうか》の向かいの扉が開けられ、窓からの月明かりに人影《ひとかげ》が浮《う》かんだ。ランタンも持たないのに迷いのない足取りで彼女は歩いて

シャロルはちょっとばかし肩をすくめた。膝《ひざ》の上に置いた手から左手の人差し指をあげ

「もちろん調べたんだ。あちこちに訊いて回ったよ」

「あら、どうして私の大好物が熱いお湯だって知ってるの？」

ぼくは水を沸《わ》かしている鍋を指差した。

「ともかくお疲《つか》れ様。報酬はここにある」

「あなたの解釈《かいしゃく》の仕方、人生が楽しくなりそうだわ」

「感謝してもらえたみたいだ。ぼくも嬉《うれ》しい」

「明日でも良かったろう、若いのにせっかちだね、ですって」

「それはよかった。それで、ファゴさんに渡してくれた？」

「獣人は夜目が利《き》くの」

シャロルはぼくの前でしゃがんだ。ケープの裾が絨毯《じゅうたん》にふわりと重なった。

ルを通行止めするような形になっていた。

ぼくは昨日と同じように書庫と廊下の境界に座って調理をしている。そのためにシャロ

バーナーが鍋《なべ》の底を舐《な》める明かりの反射に、シャロルの姿がぼんやりと照らされた。

「暗くない？」

きた。

てぼくを指した。

「ポーラがよろしくですって」

「期待どおりだったろ？」

にんまりしながら言う。シャロルは眉を寄せて不機嫌《ふきげん》そうな表情を取り繕《つくろ》ったが、堪えきれなかったように息を吹《ふ》き出し、小さな笑みを浮かべた。

「……ええ、いいわ。私の負け。あれは、そうね、紛《まぎ》れもない驚きだった」

「でしょ？　やっぱり驚くよね？」

ぼくは身を乗り出した。

「誰でも驚くわ。だって予想しないもの。あんなに情熱的なダンスをするだなんて」

「そう、ダンスが凄《すご》いんだよ。よかった。ぼくの勘違《かんちが》いじゃなかったみたいだ」

共感してくれる人を見つけて、ぼくは胸《むね》を撫《な》で下ろした。ぼくの驚きと感動はこっちの世間一般《いっぱん》とはずれているのかと疑問に思っていたのだ。シャロルが言うなら間違いない。

ポーラさんの衝撃《しょうげき》的な見た目とダンスは、異世界共通だった。

「どこであんな人を見つけたの？」

「いや、ぼくもたまたまでさ」

つい話に熱中しそうになったとき、大きな咳払《せきばら》いが聞こえた。振《ふ》り返ると、ニトが何事もなかったように本を読んでいる。

「……どうかした？」

「いえ、喉《のど》がちょっと。大丈夫《だいじょうぶ》です」

ニトはこちらを見ようともしない。でも大丈夫というので、ぼくはまたシャロルに向き直って話を続けた。

「湖まで行った帰りにさ、道の真ん中に椅子《いす》がひとつだけ置いてあって」

「ごほんッ、ごほんごほん！」

「……大丈夫？」

また振り返るが、ニトはやっぱり本を食い入るように見つめている。

「大丈夫です。ええ、何も問題はないです。はい」

「それならいいけど……お腹空いた？」

「お腹？　空きましたとも。お腹ぺこぺこです」

「……すぐ用意するね？」

「可及的速《かきゆうてきすみ》やかにお願いします」

「……言葉にトゲがない？」

「トゲ？　そんなのあるわけないです。トゲがあったら食べちゃいます。なにしろお腹がぺこぺこなので」

もはや何を言っているのか分からないなと首をかしげたところで、小さな笑い声が聞こえた。

振り返ると、ニトが思わずといった様子でシャロルを見た。

手の甲《こう》で口元を隠《かく》すようにしながら、目を細め、シャロルが笑っていた。

虹《にじ》の根本を見つけたみたいに珍《めずら》しい気持ちになった。

ぼくらのやり取りがおかしかったらしい。ちょっとばかし気恥《きは》ずかしさを感じて、でもちっとも嫌《いや》な気分ではなくて、ぼくもつられて笑いながら、ニトに振り返った。気持ちは同じだったらしい。ニトもはにかんでいた。ぼくらは視線を合わせ、笑い合った。しかしニトは急に思い出したように顔をきりりと引き締《し》めると、ぷいっと視線を逸《そ》らした。

「あなたたちって、本当に良い組み合わせね」

笑みの余韻《よいん》を残した柔《やわ》らかな表情でシャロルが言った。

「マブダチだからね」

「マブダチじゃないです」

同じやり取りを以前にもした気がする。いまだにマブダチ認定はしてもらえてないらしい。

「羨《うらや》ましいわ、マブダチ」

「だからマブダチじゃないですっ」

「まあまあ、照れるのは分かるけどさ」

「ケースケ、わたしのことをからかってますよね？」

「あ、お湯が沸いた」

「ついには無視ですか⁉」

がたんと席を立ったニトがやってきて、ぼくの背中をぽかすかと叩《たた》き始める。驚くほど力がないのがニトである。良いマッサージになっている。

ニトの物理的な抗議《こうぎ》は気にしないで、壁際《かべぎわ》に置いていた食料缶《かん》を取った。それはもう封《ふう》が開けてあって、中には緑の濃《こ》いブロッコリー的な野菜が詰《つ》まっていた。これを開けてしまったが故《ゆえ》に、今日の献立《こんだて》はもう決まっていた。大量のブロッコリーを消費しなければならない。

「ところでニトはいつまで肩叩きをしてくれるの？」

「……肩叩きじゃないです。不満を行動で表していただけです」

でもちょっと疲れました、と呟《つぶや》いて、ニトはひと息ついた。それからぼくの横にぺたんと座り込み、沸騰《ふっとう》したお湯入りの鍋を覗《のぞ》き込む。

「……食材、それだけですか？」

「気持ちは分かるけど、そんなにしょんぼりしないでよ」

ブロッコリーをすっかり鍋に入れると、湯面は緑一色になってしまった。あまり食欲《しょくよく》をそそる光景ではない。そこに岩塩をナイフで削《けず》り入れて、柔らかくなるまで放置である。

「まだ時間はありそうね」

「そうだね、三十分くらいかな」

「ならそれまで本を読んでいるわ。ニトちゃんもどう？」

シャロルに誘《さそ》われて、ニトは目を丸くした。けれどすぐに笑みを浮かべて「はい！」と明るい返事をした。

「シャロルさん、面白《おもしろ》い本を見つけたんですよ」

とニトが立ち上がる。

「そう。どんな本なの？」

とシャロルも立ち上がり、ぼくの前を素通りした。

ふたりはテーブルに着くと一冊の本を並んで覗き込み、きゃいきゃいと話し始めた。すっかり仲良しになったらしい。ぼくは別として。

沸き立つ泡《あわ》に巻き込まれて浮いたり沈《しず》んだりを繰《く》り返すブロッコリーを見つめて、なんだかすごく寂《さび》しいな、という気分を味わっている。ぼくにはブロッコリーしかいないのだ……。

一分もせずに眺《なが》めることに飽《あ》きて、さてどうしようかと壁に背中を預けた。とりあえず腕《うで》時計のタイマーを設定してボタンを押す。これで何をしていてもブロッコリーのことを忘れずに済むけれど、時間を忘れるほど夢中になれるものがあるかどうかが問題だった。

ニトとシャロルが読書に耽《ふけ》るのを眺める。やっぱりぼくも地図探しに参加しようかと考える。よくよく考えれば、文字は読めなくても地図なら見てわかるのだ。シャロルの物語探しの手伝いはできないけれども。

ただ、実のところ、やる気が起きないのが本音だった。ぼくはあまり本に親しみがないし、それが異国の言語の本ともなれば尚更《なおさら》だ。延々とページをめくって、本棚《ほんだな》に戻《もど》す作業を続けると考えるだけで頭が痛くなる。

つまるところ、ぼくの持て余した暇《ひま》というのは単なるわがままでしかない。苦労がなく楽しいことがあればいいのにな、という夏休みの学生の憂鬱《ゆううつ》と同じなのだった。どんなに暇でもじゃあ勉強をしようとは思わないのと同じように。

時たまスプーンでブロッコリーをかき混ぜながら、ぼくはぼんやりと明日の予定を考えた。

ファゴさんと聖堂の掃除《そうじ》をする。

ニトを連れて劇場に行き、ポーラさんとジルさんと会う。それから食糧《しょくりょう》保管庫に案内してもらおう。

この書庫で地図探しと……ああ、モルモットさんの名前を知りたいな。モルモットさん、と呼ぶのはなんだか悪い気がするから。

よくよく考えれば久しぶりにたくさんの人に出会った気がした。たった数人でしかないけれど、ずっと無人の荒野《こうや》や、山や、廃墟《はいきょ》を過ぎてきたから、そう感じるのだと思う。

思い返せば貴重な一日だったのに、何でもない日のように過ごしてしまった気がして、途端《とたん》に罪悪感のようなものに襲《おそ》われてしまった。すっかり食べ終えた料理のことを、もっと味わえばよかったと後悔《こうかい》するように。

明日になれば今日あったことも忘れてしまうのだろうか。ぼんやりと朧《おぼろ》げになってしまうのだろうか。モルモットさんと出会ったときの驚《おどろ》きも、ポーラさんのダンスを見たときの衝撃も、シャロルの笑顔を見られた喜びも。いつかはすべて忘れて、いつの間にかみんなも消えて、世界は滅《ほろ》んでしまうのだろうか。

それは唐突《とうとつ》な衝動《しょうどう》だった。

なんでぼくはブロッコリーを茹《ゆ》でながら、泣きそうになっているんだろう。おい、ブロッコリーだぞ？

けれど胸を押し上げる衝動はあまりに強くて、ぼくは何かを吐《は》き出しそうになるのをこらえながら、ブロッコリーを必死に睨《にら》んだ。

この世界は、滅びかけている。そんなことは今さらだ。

ずっとひとりでこの世界を旅していた。さっさと消えてしまえばいいのにと思ったことだってあった。なのに今は、すべてが消えてしまうという事実が、あまりに虚《むな》しく、あまりに恐《おそ》ろしかった。今日という日はもう二度とやってこない。そしてその思い出さえ、消えてなくなるのだ。

今までに幾度《いくど》となく見てきた結晶《けっしょう》の山が脳裏《のうり》をよぎった。人が生きていた証《あかし》は、最後にひと山の結晶を残すだけだ。この世界では。

ぼくもまた、いつかはそうなるのだろう。

帰る方法も分からないのだから、この世界で同じように結晶の山になるしかない。

壁に後頭部を押し付けた。硬《かた》い感触《かんしょく》にごりごりと骨を擦《こす》る。

だめだな。昔みたいな衝動に襲われている。銃《じゅう》をこめかみに押し当てたい気分だった。弾《たま》をニトに預けたのは良い判断だった。

腕時計を見やると、時間にはまだ余裕《よゆう》があった。けれど何かをしていないと気分はますます落ち込んでいく気がした。スイッチを押してカウントを止めた。

バックパックの中からフライパンを取り出す。鍋《なべ》からブロッコリーをひとつずつフライパンに移した。鍋を床《ゆか》に置いて、今度はフライパンを弱火にかける。油をひと回しかけて、ブロッコリーを潰《つぶ》しながら炒《いた》めていく。まだ芯《しん》は残っているけれど、お湯を吸っている先のほうは柔らかく崩《くず》れた。塩胡椒《こしょう》を振って、また火から外し、鍋を置き直した。

ブロッコリーの茹で汁《じる》をそのまま再利用するには、パスタを茹でるのが一番だ。

缶ケースの中に入った乾燥《かんそう》パスタを握《にぎ》り、沸騰させ直したお湯に入れる。さすがに三人前を茹でるにはサイズが足りないので、一人前ずつ茹でるしかない。

またストップウォッチを動かし、時間を測りながら、麺《めん》の固さは味見で確かめる。ちょっとだけ固めのときに、パスタをフライパンに移した。茹で汁も入ってしまうがもちろんそれでいいのだ。パスタの茹で汁は立派なスープになる。

鍋には新しいパスタを入れ、フライパンの方ではたっぷりのブロッコリーと混ぜ合わせる。

「できたよ」

声をかけると、ニトが先にやってきた。フライパンから皿に盛り付けたパスタを見て、素直にどんよりとした表情を見せる。

「……緑と薄《うす》黄色しかないです。色彩《しきさい》の見栄《みば》えがありません」

「料理にまで絵の価値観を持ち込まないでくれるかな」

まあたしかに、色味はちょっと悪いかもしれないけれども。

「健康には良さそうだわ」

「その表現は褒《ほ》めることがない時に使うやつだからな？」

続いて来たシャロルがニトの隣《となり》に座る。一人前を三皿に盛り付けて、ふたりに差し出した。

「どうぞ、くたくた煮込《にこ》みのブロッコリーソースパスタです」

いただきます、と声を合わせて、まずはシャロルがフォークを取った。くるりと巻きつけて口に運ぶのを、ニトがおそるおそる見つめていた。

「ん」

と、シャロルが声を漏《も》らした。飲み込んで、ぽつりと言う。

「今までに体験したことがない驚きだわ」

「それは嬉《うれ》しいな」

ぼくとしてはしてやったりである。

隣でニトが目を丸くして、おずおずとパスタを口に運んだ。そして「んん!?」と喉《のど》を鳴らした。

「……二色しかないのに、美味《おい》しいです！」

「だから食事の基準は色じゃないんだってば」

二人が黙々《もくもく》と食べ始めたのを確認して、ぼくもフォークを取った。くるりとパスタを巻きつけてからブロッコリーと一緒《いっしょ》に口に運ぶ。嚙《か》むまでもなくブロッコリーがじゅわりと蕩《とろ》けて、存分に吸い込んでいたスープを溢《あふ》れさせた。

味わいはシンプルだ。甘い。それはもちろん砂糖のような強い甘さではなくて、ブロッコリーがこっそりと隠《かく》し持っていた自然な甘さだ。塩がその甘さの手を引いて引っ張り出してくれている。パスタのしっかりとした香《かお》りとの相性《あいしょう》が抜群《ばつぐん》に良い。同じお湯で茹でて、さらに茹で汁もソースに使うことで、味に統一感が生まれている。淡《あわ》い色合いに似た味の中で、思いがけないタイミングでぴりっと刺激《しげき》する黒胡椒が全体をうまくまとめてくれている。

ガツンとした満足感のある食べ応えではない。けれどあっさりとした旨味《うまみ》は癖《くせ》になって、ついついおかわりしたくなる食べ味だ。ぼくはパスタ料理も天才だったらしい。レシピはもちろん、ずっと前にネットで見つけたものだけれども。うはは。

「うん、美味《うま》い」

自画自賛に浸《ひた》ってから目を開けると、シャロルもニトも手を止めて、行儀《ぎょうぎ》良く待っていた。見ればお皿は空っぽである。

「……食べるの早いね、君ら」

「はい、美味しかったので！」

「私も好きよ、この味」

褒め言葉の裏に、おかわりはまだかという無言のプレッシャーを感じ取ったのは勘違《かんちが》いではないと思う。ストップウォッチを確認すれば茹で時間も頃合《ころあ》いだったので、替《か》え玉をフライパンに掬《すく》い上げた。

5

ふと目が覚めた。カーテンの隙間《すきま》から朧げな月明かりが細い筋となって漏《も》れていた。ぼんやりとした頭で腕時計を確認すると深夜に差し掛《か》かっている。

ベッドの間に立つイーゼル越《ご》しに、ニトが包《くる》まる布団の丸みがある。また遅《おそ》くまで本を読んでいたか、絵を描《か》いていたのだろう。ニトにおやすみを言った覚えもないから、ぼくの方が先に寝《ね》てしまったらしい。

力を抜《ぬ》いて枕《まくら》に顔を埋《うず》めたけれど、どんどんとまぶたが軽くなって、意識もはっきりとしてきたようだった。こうなるとしばらくは眠《ねむ》れそうになくて、身体《からだ》を起こした。

喉が乾《かわ》いていた。バックパックから水筒《すいとう》を取り出して、その軽さに、すっかり空だったことを思い出した。パスタを茹でるのにたっぷり使ったからだ。

靴《くつ》を履《は》いて立ち上がり、スマホと水筒を持って、できるだけ物音を立てないように部屋を出た。

夜の廊下《ろうか》も、聖堂も、月明かりを帯びて柔《やわ》らかい雰囲気《ふんいき》に思える。少なくとも不気味さは感じない。スマホのライトを頼《たよ》りに外まで出て、ヤカンのルーフキャリアから一斗缶《いっとかん》を下ろして水筒に水を移し、乾いた喉が満足するまで飲んだ。

ふう、と息をついて、すっかり夜に沈んだ町を眺めた。屋根ばかりが白く浮《う》き立って見える。遠目に光り輝《かがや》く湖が見えた。真昼の日に飛び込んでくるような強い反射ではなく、両手から取りこぼした砂を撒《ま》いたように煌《きら》めいている。

その湖の中心に小さな影《かげ》が波の尾《お》を引いていた。かすかな揺《ゆ》らめきに光が波打っている。小舟《こぶね》が一艘《そう》、漂《ただよ》っているらしい。

ぼくはぼけっと、ともすれば絵画のように神秘的な光景を眺《なが》めた。小舟は湖の真ん中で止まったきり動きもしない。あれはモルモットさんだろうか？

ブロッコリーで感傷的になった気分を引きずっているわけではない、とは言えない。すっかり目が覚めてしまったし、妙《みょう》に落ち着かないこの気分を抱《かか》えたままベッドに戻《もど》れる気もしない。都合よく目的地が見えていて、そこに気になるものがあったから、という言い訳は、深夜にドライブをする理由として悪くない。

水筒の中の水を飲み干し、ヤカンのボイラーに火を入れた。ボンネットに上がって座り込み、湖に浮かぶ小舟を眺めていた。二十分も経《た》ってすっかりヤカンの準備が整うと、ぼくは運転席に乗り込み、聖堂広場を出た。

月明かりによってかすかに生まれた明暗をヤカンのヘッドライトで削《けず》るように照らしながら通り抜ける。木々の茂《しげ》る道に入れば完全に真っ暗だった。その暗さの中を進むのには少なからず度胸が要《い》った。昼間に一度、通っていなければ、引き返していたかもしれない。

ほとんど真っ直《す》ぐな道を進み、突然《とつぜん》に林が途《と》切《ぎ》れる。森の中に忽然《こつぜん》と歓楽《かんらく》街が広がっている。開けた土地に月の光が満遍《まんべん》なく降り注いでいるために建物全体が浮き上がっているようにすら見えた。森の奥に隠された遊ぶためだけの施設《しせつ》の集まりは、暇《ひま》を持て余《あま》した大人の秘密基地のようでもあったが、すっかり廃墟《はいきょ》となってしまっていることで余計に寂《さび》しさを際立《きわだ》たせている。

劇場を通り過ぎ、また林に入った。大人の住処《すみか》をいくつも越《こ》えていくと左手に湖が現れた。湖面に反射した月明かりが湖全体をうっすらと輝かせている。前方に気を使いながらも、木々の枝葉に隙間ができるたびに、ぼくは小舟を探した。しかしすぐにまた濃《こ》い茂みに入ってしまう。

そのうちに、わずかに見上げるようになる小高い丘《おか》の上に、夕日を小瓶《こびん》に詰《つ》めたように光るものが見えてきた。それは一番奥の家の窓から漏れる灯《あか》りだった。

モルモットさんの家の前の広場にヤカンを乗り入れた。車を降りて砂利を踏《ふ》む。木々に囲まれているからか、湖畔《こはん》だからか、空気がひんやりとして肌寒《はだざむ》い。

家に向かうか湖に行くか少し迷って、湖に降りる階段に向かった。ちょうど、小舟が桟《さん》橋《ばし》に身を寄せるところだった。ぼくはスマホのライトを点《つ》けて足元を照らしながら階段を降りる。小舟は桟橋に着いたが、そこに座る影は動く様子を見せなかった。

小舟に腰《こし》をかけているモルモットさんの姿が判別できるようになった。彼はこちらを向いたまま、膝《ひざ》の上に小さな黒い手帳を開き、ペンで何かを書き付けていた。ぼくがやって来たことには気付いてもいない様子だった。

「……あの」

何度か躊躇《ためら》ってから声をかける。モルモットさんは何の反応も見せない。もう一度、こんどははっきりと声を出そうと息を吸ったところで、彼は手帳を閉じた。ペンの尻《しり》に嵌《は》めていたキャップを取ってくるくると締《し》めながら、顔をあげた。

「異世界の人間はどんなことに悩《なや》む？」

吸った息はそのまま戸惑《とまど》いの吐息《といき》に変わった。

「……すみません、何ですって？」

彼は手帳とペンを胸ポケットに収めた。

「夜中に外を出歩くのは悩みを抱えている人間だ。健常な者はそもそも目を醒《さま》さない」

そうとも言えないですよ、だって夜中のコンビニだって人がたくさん……と言いかけた。この世界にコンビニがあるわけもないし、そもそも文化が違う。夜中に出歩く人はめったにいない時代、ということだろう。そしてとっさに否定しようと口が動いたのは、図星を指摘《してき》されたことによる反射だったかもしれない。

「……なら、あなたも悩みが？」

「この歳にもなれば嫌《いや》でも夜中に夜明けにと小便に何度も起こされる。睡眠《すいみん》時間も短くて済む」

モルモットさんは慣れた動きで揺れる小舟から桟橋に降りた。ロープを舟に巻きつけて係留すると、ぼくを通り過ぎて階段を登り始めた。その半ばで立ち止まって振《ふ》り返り、ぼくに手招きした。

「来ないのかね。熱い紅茶ならご馳走《ちそう》しよう」

返事を待たず、彼はまた階段を登っていった。

6

美しい調度品に囲まれた部屋は居心地《いごこち》が良さそうに思えたが、柔らかなソファに腰掛けてみると肩身《かたみ》が狭《せま》い。洗練された雰囲気にそぐわない自分が場違いな存在のように思える。あちこちに掛けられたランタンが間接照明のように暖かい色で部屋を満たしている。ランタンのひとつひとつも装飾《そうしょく》の細かなアンティークのような一品だ。その光に照らされた家具の色合いは黒砂糖で作られた飴《あめ》の色のように艶《つや》やかだった。

キッチンからモルモットさんが戻って来て、木製のローテーブルに丸盆《まるぼん》を置いた。複雑な模様の描かれた美術品のような陶器《とうき》のティーポットと、揃《そろ》いのカップとソーサーが二組ある。繊細《せんさい》な意匠《いしょう》のティーセットは、ぼくがモルモットさんに感じたイメージとは少しズレているように思えた。

カップに紅茶が注《つ》がれると、湯気と共に甘く澄《す》んだ香りがした。

それから、モルモットさんは不思議な行動をとった。ポケットから小さなライターを取り出すと、ティースプーンの先をあぶり始めたのだ。

「金と退屈《たいくつ》を持て余した人間だけがやる紅茶の飲み方を、君は知っているかね？」

ぼくはもちろん首を横に振った。退屈だけは持て余しているがお金はないし、紅茶に造詣《ぞうけい》も深くない。

モルモットさんは加熱されたティースプーンをカップの上に架《か》け渡《わた》すと、窪《くぼ》みに角砂糖をひとつ載《の》せた。盆から小型の瓶《びん》を取り上げる。透明《とうめい》なガラス瓶には、羽飾《はねかざ》りの付いた帽《ぼう》子《し》を斜《なな》めにかぶる男性の横顔のラベルが貼《は》られている。中の液体は深い琥《こ》珀《はく》色をしている。小気味の良い音を鳴らしてコルク栓《せん》を抜くと、それを角砂糖に染み込ませるように垂らした。小さなティースプーンから溢《あふ》れもしない量だった。強いアルコールの、独特の香《かお》りが鼻をついた。

酒に浸った角砂糖の端《はし》が柔らかく崩《くず》れたところへ、モルモットさんは再びライターの火を近づけた。すると、ティースプーンに満たされた酒に青い火が灯《とも》った。吹《ふ》けばすぐに消えてしまいそうな弱火は、角砂糖を包みこむ。お湯に浮かべた氷が溶《と》けるように角砂糖はみるみる小さくなる。スプーンの端からぽたりぽたりと酒が溢れ、紅茶に何度も波紋《はもん》を作った。

火が消えた。角砂糖はすっかり溶けて酒と混じり、シャーベットのようになっている。

モルモットさんはティースプーンの柄《え》をとると、それを紅茶の中に静かに浸して、丁寧《ていねい》な動作で紅茶をかき混ぜた。ティースプーンを抜いた時には、砂糖も酒もすっかり流されていた。

差し出されたカップを受け取った。鼻を寄せれば濃い香りがした。くらりとくるアルコールのものではなくて、発酵《はっこう》した果物のような、手で触《ふ》れられそうな濃厚《のうこう》な甘い匂《にお》いだ。

「これが『貴族の紅茶』と呼ばれる古い飲み方だ」

「あの、ぼく、お酒を飲んだことがないんですけど」

「心配しなくとも君の母親に告げ口はしないさ」

その冗談《じょうだん》にぼくは笑い、少しだけ肩の力を抜いた。強い酒に火をつけてアルコールを飛ばす調理法は知っている。だからこの紅茶のアルコールも少なからず飛んでいるはずだ。そもそも量も少なかったし。

言い訳みたいに心の中で唱えて、熱い紅茶をひと口、啜《すす》った。

「……あ、美味《おい》しい」

「君にも貴族の素養がありそうだな」

「ほろ苦いけど、香りはすごく甘くて、それが深いというか……大人の味です」

モルモットさんもカップに紅茶を入れてスプーンを渡したが、角砂糖は載せず、お酒だけを満たして火をつけた。青火が消える前にそのまま紅茶の中に沈《しず》めて混ぜてしまう。甘みがなく、お酒の味が強く出る飲み方なんだろう。

紅茶の中に溶けた砂糖と、わずかなお酒は、それでもぼくの身体の強張《こわば》りを解くのに充《じゅう》分《ぶん》だったらしい。張《は》り詰めていた背中から力が抜ける。心地よい弾力《だんりょく》のソファの背にもたれかかると、ようやくこの空間に馴染《なじ》めた気がした。

「あの、お名前を訊《き》いても？」

「モンテラッシェ」

「ぼくはケースケです。すみません夜中にお邪魔《じゃま》して」

「構わない。夜はいつも退屈している」

言葉尻《じり》を切るようなぶっきらぼうな話し方だけれど、もてなしてくれていることは分かった。この空気感がモンテラッシェさんの個性なのだ。

「モンテラッシェさん」

「モンテでいい。音を節約できるし、呼びやすい」

少し戸惑って、それから気が抜《ぬ》けて笑ってしまった。そんな理由で呼び方を改めることを求められたのは初めての経験だった。

「では、モンテさん。あの、湖でなにをしてたんですか？」

昼間、出会《でくわ》したときのように釣竿《つりざお》を持ってはいなかった。ぼくが見たのは、手帳になにかを書く姿だけだった。

モンテさんはカップをソーサーに置くと、ぴんと伸《の》びた長いひげを指で撫《な》でた。丸っこい黒目がぼくを見ている。

「ぼうっとしていた」

「はい？」

普通《ふつう》に訊《き》き返してしまった。言葉はちゃんと聞こえていたし、意味も理解できる。ただ、あまりに予想外過ぎた。

「思索《しさく》に耽《ふけ》る、構想を練る、世を儚《はかな》む。表現は君の気にいる物を使えばいい、私としては、ぼうっとしていた、が適切だがね」

「……湖の上で、ぼうっとしていたんですか？　こんな深夜に？」

「ああ、その通り」

ぼくは返事に困って、実に味わい深い紅茶を飲んだ。

「君はやったことがないのかね」

深夜に小舟《こぶね》の上でぼうっとすることを？

「……ちょっと、経験したことがないですね」

「ならやってみるといい。一日の中でまったく無意味なことを考える時間は必要だ」

「無意味なことを考えるんですか？」

「思考に成果を求めてはぼうっとはできないだろう」

それはたしかに、おっしゃる通りですけれども。

「わざわざ深夜の湖でやるんですか？」

「経験した者だけが分かる魅力《みりょく》というものがある」

言葉少なに言われると、強く説得されるよりもかえって興味がわいた。好奇心《こうきしん》を刺激《しげき》されるからだろうか。

「それに」とモンテさんは続けた。「悩むのであれば独りがいい」

モンテさんのさりげない呼び水だな、と分かった。ぼくが悩んでいることをとっくに察しているのだ、この人は。

「……そんなに分かりやすかったですかね」

「鍛冶屋《かじや》は鉄を、料理人は食材を、羊飼いは羊を。それぞれによく知る者が見れば、他人には気づけないものを知ることができる」

「モンテさんは何をよく知っているんです？」

彼はポットを取って紅茶を注《つ》ぎ足した。返事はひと言だった。

「人間だ」

ぼくはゆっくりと考えた。こめかみを掻《か》いた。クイズのような言葉だった。

「それは、政治家とか、そういうことですか？」

「いい発想をしている。だがそんな上等なものではない」

「だったら詐欺師《さぎし》とか」

「素晴らしい」

モンテさんはぼくに向けてカップを持ち上げて見せた。

「……いや、冗談だったんですけど」

「もちろん正解ではない。社会的な善悪の問題ではなく、私の能力として詐欺師は向いていない。だが君は非常に良い観点から推測をしている。どちらも人間をよく知らなければ有能とは言えない」

モンテさんは湯気を吹いて紅茶を啜っている。片手間のように言葉を繋《つな》げている。

「二流の嘘《うそ》つきは詐欺師になる。一流の嘘つきは政治家だ。私は三流でしかない。つまり、小説家だ」

それはまた、とぼくは返事に困った。卑下《ひげ》なのか、冗談なのか、本心なのか、さっぱり分からなかった。大人と会話をするときにたまに感じる、持って回った言葉遊びのようなものだ。素直な意味で受け取って返事をするとちぐはぐになってしまうのだ。女子高生の使う独特な用語みたいに、大人たちの間にも特有の言語があるのと同じで。

正解は分からないまま、しかし黙《だま》っているわけにもいかなかった。

「人を欺《だま》す意味では三流だ、ってことですよね。でも政治家や詐欺師よりも悪意がないから良い職業じゃありませんか？」

小説家という存在に出会ったのは初めてだった。もちろん顔に小説家ですと書いてあるわけもない。どこか空想上の生き物と出会ったときのように、ふわふわとした手触《てざわ》りだ。

「政治家は虚栄《きょえい》のために、詐欺師は営利のために、小説家は好奇のために生きているだけのことだ。異世界人である君が何に悩《なや》んでいるのか、私は興味がある。聞かせてくれないか」

「……ただの好奇心で人の悩みを訊くんですか？」

「悩みに救いや答えを与《あた》えると豪語《ごうご》する人間を信じるのかね？」

ぼくは唇を嚙《か》んだ。たしかにそれはそうだな、と言い返しようもなく納得してしまったからだ。自分のことなのに答えが分からないから悩んでいるのだ。他人が簡単に解決できるわけもない。単純に、好奇心で訊きたいと言われる方が誠実であるし、気も楽だ。

「でも、なんというか」言葉を探す。「説明しづらいんです。感情がぐちゃぐちゃしている感じで」

「悩みとは得てしてそういうものだ。何に悩んでいるのかが分からないことが問題でね。解決の初手は、つまり何が問題なのかをはっきりさせることだよ」

「小説家っていつもそんなややこしいことを考えているんですか？」

「仕事の大半はむっつりと黙りこんで考えることだ。文字を書くというのは単なる作業に過ぎない」

極論のような気もしたが、他に小説家のことを知らないので、ぼくは黙るしかない。しばらく考えてはみても、一言で言える問題の確信は見つからず、思いつくままに話すことにした。

「なんでこの世界は滅《ほろ》ぶんでしょう？」

「具体的には？」

ぼくは一拍《いっぱく》置いて、おうむ返しに訊き返した。

「具体的には？」

「滅ぶ原因を知りたいのかね。それともより抽象《ちゅうしょう》的な話かね。人知を超《こ》えた存在が世界を管理している、という信仰《しんこう》もある。これは世界の救済であると唱えた宗教者もいたな」

「……どちらも知りたい、ですね」

ぼくがこの世界に来た頃《ころ》にはすでに人々はいなくなっていた。魔力崩壊《まりょくほうかい》という出来事のせいで滅んだという話は聞き及《およ》んだ。けれどそれが実際、どんな理屈《りくつ》の、どんな現象なのかは知らないままでいる。

モンテさんは背もたれにゆったりともたれかかると、お腹の前で手を組んだ。

「残念ながら、これが正しい答えだと君に伝えることは難しい。多くの学者がそれを探究し、誰《だれ》もがたどり着く前に死んだ。諸説が生まれ、検証されることはなかった。一般的《いっぱん》には世界に満ちる魔力の均衡《きんこう》が崩れたために自然崩壊が起きたとされているだけだ」

「魔力の均衡っていうのは、魔術がどうとかって話ですか？」

「今も魔力は存在する。この空間にもそこら中に漂《ただよ》っているし、誰の身体《からだ》にも魔力がある。魔術というのはその魔力に働きかける技術だ。失われたのはその技術であって、魔力という存在ではない」

「……じゃあ、魔術がなくなったから魔力崩壊が起きた？」

「そう唱える人間もいたし、蒸気技術の興隆《こうりゅう》そのものが悪影響《えいきょう》を及ぼしたという説もある。あるいは私たちの存在など関係なく、気候変動によるものだ、とも。結局は誰にも突《つ》き止められない謎《なぞ》のままだがね」

「誰も解決できなかったんですね……」

ため息をつく。結局はなにも分からないわけだ。

「君は、想像力を持っているか」

と、モンテさんが言った。

「そりゃ、ありますけど……」

「ならその使い方を学ばなかったようだな」

「どういう意味ですか、それ」

少しばかり不躾《ぶしつけ》ではないか、と思った。モンテさんは黒く丸い瞳《ひとみ》をぼくに向けて、起伏《きふく》のない声で話し出した。

「魔力崩壊の恐《おそ》ろしいところは、予兆がないことだ。グラスに水を注ぐようにして日々が過ぎ、ある日、水は溢《あふ》れる。体内で飽和《ほうわ》した魔力は身体を結晶《けっしょう》に変えてしまう。両親、兄弟、子、友人。誰を腕《うで》に抱《いだ》くこともできず、手も握《にぎ》れないまま、死ぬ」

その光景を、ぼくは知っている。ある朝に起きると、昨日まで笑い合っていた人が結晶になっている。その瞬間《しゅんかん》に感じるぞっとした寒気と、耳の後ろがじんと痺《しび》れる嫌《いや》な感覚。思い出すだけでも吐《は》き気がしてくる。

働かせるべき想像を、ぼくは遅《おく》れて理解した。

その現象は世界中で起こったのだ。この世界に生きるすべての人がおそらくそれを経験した。誰もが最も大事な人たちを失った。

その状況《じようきよう》で必死にならない人間がいるだろうか？

死に物狂《ぐる》いで探究しない人間がいるだろうか？

誰もが最初から諦《あきら》め、受け入れ、仕方ないさと思うだろうか？

ぼくは唇《くちびる》を噛んだ。手のひらで口を覆《おお》った。

「見識者ほど苦しんだのだ。彼らは知識があった。意志があった。責任があった。愚《おろ》かで教養も地位も権力もない人間ほど穏《おだ》やかだ。立ち向かうことをしなければ絶望を知ることもなかった。世界中で滅びに挑《いど》んだ人間はあらゆる方向から勝つ方法を探した。多くの仮説だけが残ったのは彼らが愚かだったからではない。勇敢《ゆうかん》にも命の残り時間を費やし、答えを探し求めたからだ。この世界で生きる者たちのために」

水を吸った砂が背中にのし掛《か》かるようだった。逃《のが》れようのない重みを感じた。今までに考えたこともなかった。

「なぜこの世界が滅ぶのかは誰にも分からない。あるいは数ある選択肢《せんたくし》の中に正解はあるかもしれないが、それを確かめる方法がない。その事実を直視しながら、あるいは気づきもせず、受け入れ、嘆《なげ》き、怒《いか》り、多くの人間が消えた。生き残っている人間たちも遠からずそうなる」

「……あまりに、虚《むな》しくありませんか？」

言葉にして、ぼくは自分で腑《ふ》に落ちた気がした。そうだ、ぼくは虚しかったのだ。

誰かと出会い、笑い、荷物を預かり、旅を続けても、やがては消えてしまう。

終わりがすぐそこに来ているのに、誰かとの言葉を積み重ねることに価値はあるのだろうか。

「何もかもが終わってしまうのに、ぼくらがまだ生きている意味はあるんですか？」

モンテさんは静かにぼくを見返した。

「――悩みの問題を見つけたらしいな。異世界人といえど、私たちと同じらしい」

モンテさんはゆっくりと立ち上がり、部屋の隅《すみ》の棚《たな》へ向かった。

「魔力崩壊で滅ぶよりも、自死することを選ぶ人間も多かった。私たちが生きるためには、金よりも重要なものが必要だ」

「……そう、ですね」

踏《ふ》み分ける道が少し違《ちが》えば、ぼくはここに座っていなかっただろう。

モンテさんは戸棚から持ってきたものを机に置いた。それは古びて変色しつつある長方形の金属の箱だった。掛け金には南京錠《なんきんじょう》がついていた。

「この箱の中には、それが入っている」

「……何が入っているんです？」

「秘密だ」

眉《まゆ》をひそめて見返すと、モンテさんは喉《のど》を鳴らすように笑った。

「からかってますよね」

「いいや。だが、この箱には確かに詰《つ》まっているんだ――私の希望が」

希望。

それはあまりに青臭《あおくさ》くて、口に出すことすら躊躇《ためら》ってしまう言葉だった。まっすぐで汚《よご》れがないからこそ、真面目《まじめ》な顔をして言うには気恥《きは》ずかしさが勝つ。けれどモンテさんはひとつの気負いもなく、てらいもなく、当たり前のように言った。

「夜、眠《ねむ》る前にはいつもこの箱を眺《なが》める。この箱の中身だけが私を支えている。だから君に贈《おく》る助言はひとつだけだ。希望を詰める箱を見つけたまえ。それが心の拠《よ》り所になる」

机に置かれたひとつの箱を、ぼくは見つめた。滅びかけた世界のどこかの国の、名前も知らない町の、湖のそばの小さな家の机の上に、鍵《かぎ》のついた箱がある。その中には希望が詰まっているという。笑いがこみあげてくる。

「今までの人生で、いちばん役に立つ助言です」

「大変よろしい」

モンテさんは箱をぽんぽんと優しく叩《たた》くと、大事そうに抱《かか》えた。

「ではそろそろ戻《もど》りたまえ。私も少し眠たくなってきた」

It's time to say
goodbye,
but I think
goodbyes are
sad and
I'd
rather
Hello
a new
圏外
15:11
34%
＜MEMO
メルシャン
もとはお金持ちのための別荘しか
なかったようだ。それがいつしか
歓楽街にまでなったというのだか
ら不思議だ。別荘って喧騒から
離れるための場所じゃないのかと
思うが、お金持ちは退屈が嫌い
なのかもしれない。
See you later, Fantasy
World. We hope that
Tomorrow comes again.

第三幕「あの日のルージュに祈《いの》ること」

1

「ケースケ！　灯花祭《とうかさい》をしませんか！」

眼前にニトの顔があった。

寝起《ねお》きの頭で状況はよく分からない。それでも、ニトの瞳《ひとみ》が好奇心《こうき》に輝《かがや》いているし、わくわくしているのは目に見えて分かりやすい。となればぼくがわざわざ断る理由もない。

「……いいんじゃない？」

「そう言ってくれると思ってました！」

では伝えてきますねっ。

白銀の髪《かみ》を躍動《やくどう》感たっぷりに翻《ひるがえ》して尾《お》を引きながら、ニトは部屋を飛び出て行った。扉が開けられたままになっている。

昨夜の外出のせいで睡眠《すいみん》不足だった。このまま二度寝といきたいところだったけれど、ニトが起きているとなると、現時点でずいぶんと寝坊《ねぼう》をしているに違《ちが》いない。

なんとか上半身を起こすが、眠気《ねむけ》は背中にべったりと張り付いている。足を下ろして靴《くつ》下《した》と靴を履《は》いて立ち上がり、背伸《せの》びと欠伸《あくび》でなんとか目を覚ます。

カーテンを開くと目の焼けるような日差しが押し寄せた。雲は多いが、青の鮮《あざ》やかな晴天だった。

視界の端《はし》の湖を見やる。小舟《こぶね》は浮《う》いていない。昨夜のモンテさんとの会話の記憶《きおく》が夢現《ゆめうつつ》の境界にあった。たしかに現実だとは分かっているけれど、薄霞《うすがすみ》の雲みたいに摑《つか》みどころがない。

だんだんと意識もはっきりとしてくると、さっきのニトの言葉が今更《いまさら》ながら気になった。

ぼくは扉に向けて訊《き》いた。

「ところで、灯花祭ってなに？」

扉は無言だけをぼくに返した。

「いや、いいんだ。君も知らないもんな」

「異世界では扉と会話ができるの？」

「うわっ」

通路からひょっこりとシャロルが顔を覗《のぞ》かせた。扉が喋《しゃべ》ったのかと思ったが、どうせならそっちの方がぼくとしてはありがたかったかもしれない。めちゃめちゃに恥《は》ずかしい場面をシャロルに見られてしまった。

「……おはよう」

「ええ、おはよう」

「……ところで、灯花祭って知ってる？」

「こちらの方は何て？」

「それはもういいよ！」

シャロルは口元にちょっとばかりの笑みを浮かべてから説明してくれる。

「今朝、あのお婆《ばあ》さんが話してくれたのよ。この地域の伝統的なお祭りらしいわ」

ニトはそういうイベントに目がない。楽しいこと、面白《おもしろ》そうなこと、今までに見たことのないものへの好奇心の強さはきっと小説家に並ぶだろう。

「そのお祭りって、ぼくたちだけでできるものなのかな？」

現時点で、参加人数はファゴさんを含《ふく》めて四人だ。祭りという表現をするにはかなり物足りない。祭りは少人数でやるものではないという認識はシャロルも同じなのだろう。無言で肩《かた》をすくめられた。

「とりあえずはお婆さんに詳《くわ》しく訊いたら？」

「まるで他人事《ひとごと》みたいだけど、君も参加するんだよね？」

「騒《さわ》がしいのは苦手よ」

「じゃあしっとりとやろう」

「それなら参加しても構わないわね」

「しっとりとしたお祭りっていうのも想像つかないけど」

「自分で言っておきながら？」

ぼくらはまったく実のない会話を交わしながら、廊下《ろうか》を抜《ぬ》けて聖堂に入った。聖女像の足元にニトとファゴさんが立っていた。

「おはようございます」

「本気でやるのかい？」

ファゴさんが鷲鼻《わしばな》の先をこすりながら、ちょっとばかし戸惑《とまど》った様子でぼくに言った。

「灯花祭、ですよね？　大変なんですか？」

「準備がどうこうじゃなくてね、四人ぽっちで祭りなんか開くのかって話さ」

「それはぼくも同じ気持ちなんですけども」

ちらりとニトを見やる。長耳を動かしながら、わくわくとした瞳でぼくを見つめている。

「この子がやる気に満ち溢《あふ》れているので……」

「ファゴさんから灯花祭のことを聞けば、ケースケも同じ気持ちになりますよ！」

「ぼくがニトみたいに？」

ちょっと想像してみる。純真さと希望に満ちた輝く大きな瞳。胸の前で拳《こぶし》を握《にぎ》り、姿勢は前のめりで、楽しいことが大好きと全身から醸《かも》し出す空気。

「……我ながら気持ち悪いな」

ぼくの呟《つぶや》きに、隣《となり》でシャロルが頷《うなず》いた。

「ええ。気持ち悪いわ」

「おい」

「あなたの言葉を肯定《こうてい》してあげただけよ」

「自分で言うのと他人に肯定されるのとじゃ意味が違うんだよ。傷つくだろ」

「男の子って繊細《せんさい》なのね」

「そのやれやれって顔をやめてもらえませんかねえ」

「いまは灯花祭の話ですっ」

ニトに胸のあたりを軽く叩《たた》かれた。

「ごめんって。シャロルが話を茶化すから」

「そうね。あなたがそう言うならそうしておきましょう。私のせいね」

「……ずるいぞ」

ひとりだけ大人ぶった対応をしやがって……と睨《にら》んでいたら、眼前のニトが頰《ほお》を膨《ふく》らませながら小さな拳を振《ふ》り上げたので、ぼくは慌《あわ》ててファゴさんに向き直った。

「灯花祭ってどんなことをするんですか？」

ファゴさんは軽く首を振ってしゃがみ込み、桶《おけ》の中に浮かぶ雑巾《ぞうきん》をしぼりながら話し出した。

「さっきも話したことだけどね、この辺りには灯花《あかりばな》ってのが生えてるのさ。こいつは花びらに魔力《まりょく》を蓄《たくわ》えていてね、火をつけると光りながら浮かぶんだ。子どもの遊び道具にしかならないけどね」

「光って浮かぶんですか」

浮かぶのは風船みたいなのだろうが、それが光る上に、花ともなれば想像が難しい。一《いっ》般《ぱん》的なものだろうかとシャロルに視線で訊《たず》ねると、小さく首を左右に振られた。

「この辺りは古くは魔術師の多い土地だったとかでね。霊地《れいち》とか何とか言われたこともあったそうだよ。奇妙《きみょう》な花が咲《さ》いてるのも、まあ、そのせいじゃないかねえ」

よいしょ、と腰《こし》をあげ、ファゴさんが聖女像を見上げた。

「大昔に、この土地で疫病《えきびょう》が流行《はや》ったことがあったそうでね。国も領主もこの小さな村を見捨てた。医者を呼ぶ金もない。多くの人間が死んで、このままじゃ村が滅《ほろ》ぶってときに、赤光《しゃっこう》の聖女さまがいらっしゃったのさ」

ぼくらもまた、その像を見上げる。赤光の聖女と呼ばれるその人のことを、旅のあちこちで話に聞いた。

「聖女さまは村人ひとりひとりの手を取り、その命を救ってくださったという。村人たちはそりゃあ感謝をしてあらゆる私財を差し出したが聖女さまはなにひとつお受け取りにならなかった。礼のひとつもできないことに悩《なや》んでいたところ、子どもがひとり、灯花を持ってきてね、それを聖女さまに差し出した。そして火をつけると、花は輝き、ふわりと浮かんでいった。聖女さまはその光景に大変お喜びになられた。村人たちはこぞって花を集めて、聖女さまがお帰りになるとき、村中で花に火を灯《とも》してお見送りをした。それ以来、この村が生き続けていることとその感謝を伝えるために灯花祭をやってきたのさ」

それはすごい話だ、と思うばかりだ。驚《おどろ》くべきはそれが創作ではなく、真実だということだろう。

実際に聖女さまというのがいて、この村を不思議な力で救って、人々は何年もずっと感謝を続けているというのだから。積み重なった人々の気持ちの、その真っ直ぐさこそが、この聖堂を神聖な空気にしている、ということだろうか。

祈《いの》りとか信仰《しんこう》とか、ぼくにはよく分からない。科学的じゃない、とも言える。けれど決して否定することはできないし、してもいけないということは分かる。そういう空気がここにはあって、それは理性で考えるものではなくて、肌《はだ》や、心で感じとるものなのだろう。

「……大事なお祭りなんですね」

「なにをあんたまでしんみりしてるんだい」

と笑われる。

視線を戻《もど》すと、ニトが目を潤《うる》ませながら何度も頷いている。よほど感じ入るものがあったらしい。

「……ニトってさっきもこの話を聞かせてもらったんじゃないの？」

「良いお話は何度聞いても良いものなんです」

そういうものか、とぼくも否定はしない。ニトが灯花祭をしましょうと部屋に駆《か》け込んでくる気持ちも理解できる。

「やりましょうよ、灯花祭」

「やりましょうったってねえ」

ファゴさんは片眉《かたまゆ》をあげた。

「べつに盛大じゃなくてもいいじゃないですか。今できる限りで。この村にはまだファゴさんがいますよって、聖女さまに伝えましょうよ」
ファゴさんはこうして毎朝、聖堂までやって来て掃除《そうじ》をしている。ぼくらが来る前から
そうしていたし、ぼくらがいなくなっても続けていくのだろう。それは本当にすごいこと
だと思う。だから、なんというか、届いたらいいなと思ったのだ。ファゴさんのその気持
ちが、聖女さまに。灯花祭はそのきっかけにぴったりに思える。
「ぜひやりましょう！」
とニトも身を乗り出した。その気負いはファゴさんの背中を押してあまりある勢いだっ
た。
「……そりゃ、あんたらがそこまで言うなら、構わないけどね」
「決まりです！」
ぱっと花咲《さ》く笑みでぼくに振り返り、ニトが手をぱちんと打ち鳴らした。
「せっかくなら他の人も集めませんか？」
ぼくとシャロルの顔を交互《こうご》に見ながらニトは続けた。
「ファゴさんの古い知り合いの方も、ケースケとシャロルさんが会った劇場の方もいるん
ですよね？」
「なるほど。たしかに誘《さそ》ったら来てくれるかも」

ポーラさんなら二つ返事で頷いてくれそうだった。ジルさんは渋《しぶ》るかもしれないけれど。

「ただ、モンテさんはどうかな。そういう騒がしいのは苦手そう」

「来やしないさ。年寄りはみんな偏屈《へんくつ》なもんだけどね、小説を書くなんてことをする人間は余計に捻《ね》じ曲がってる」

「小説家に恨《うら》みでもあるんですか？」

ファゴさんに苦笑を返すぼくに、シャロルが声を差し込んだ。

「……その人、小説家なの？」

「ぼくはそうだって聞いたけど」

ファゴさんの方が詳しいだろうと視線を向ける。

「昔はそれなりに名の売れた小説家だったと思うよ。あたしは読んだことはないけどね」

シャロルは返事もせず、視線を下げて黙《だま》り込んだ。

「どうかした？」

「……いいえ、何でもないわ」

そんなわけがないことは分かる。けれどそれ以上、踏《ふ》み込んでほしくない、という意思表示であることも理解できる。

ぼくは頷きを返すだけに留《とど》めて、ニトに言葉を差し向ける。

「一緒《いっしょ》に会いに行く予定だったし、ついでにポーラさんたちも誘ってみようか」

ニトの明るい声が返ってきた。

2

ニトを助手席に乗せて劇場の前までやって来ると、出入り口には車が一台、こちらに背を向けている。その後ろにヤカンを停車させ、ぼくらは車を降りた。前の車を覗《のぞ》き見ても誰《だれ》もいない。車体を触《さわ》ると熱を持っている。やって来たところか、いまから出て行くところだろうか。

ニトは車には目もくれず、劇場を見上げて立っていた。

「こういうところに来るのも初めて？」

訊《き》くと、頷きが返ってくる。

当たり前のことを確認するだけだったな、とぼくは少し後悔《こうかい》した。ニトの境遇《きょうぐう》はもう知っているのだから、気遣《きづか》いのない質問だった。

「オペラやコンサートは録音で聴《き》いたことはあります。小説にもときどき劇場が登場するんですけど、歌声や音色の描写《びょうしゃ》は理解できるんです。聴いたことがあるから。でも、建物の外観とか、中の空気とか、そういうのは文章から想像するばかりでした」

「……想像と比べて、実物はどうだった？」

ニトはぼくを見上げた。目を弓なりにして、にっと唇《くちびる》を笑みにした。

「と──っても素敵です！」

長い間《ま》のあとの言葉に、ぼくはつい吹《ふ》き出してしまう。

「それは良かった」

「この劇場は小さいほう、ですよね？」

「たぶんね。他の劇場を知らないから詳《くわ》しくは説明できないけど」

「ケースケの世界にも劇場がありますか？」

「たくさんあるよ。何千人と入るところもある」

驚きと感心を混ぜ合わせた吐息《といき》をついて、ニトは「すごいですね。想像もできないです」

と呟いた。

「……とりあえず今は、この劇場を見られただけで満足です」

そわそわと身体《からだ》が揺《ゆ》れ動いている。理由がすぐに分かってしまう。

「絵を描《か》くのは後でね。ポーラさんたちを誘うんでしょ」

ほら行くよ、と入り口に歩き出す。

「……はい」

ニトは肩《かた》を落としながら付いて来た。絵を描く衝動《しょうどう》を抑《おさ》えねばならないことが無念で仕方ないという様子は、扉《とびら》を潜《くぐ》るとすぐに飛んでいった。ぐるぐると身体を回しながらロビー内をあっちこっちと眺《なが》めている。見るもの全てが新鮮《しんせん》で、楽しくてたまらないと全身で表現している。

ところがニトがある一点で、ぴたりと動きを止めてしまった。口をぽかんと開けて、愕《がく》然《ぜん》としている。いったい何を見たらそんな顔になるんだか、と視線を追って、ぼくもぽかんと口を開けてしまった。

ロビーから舞台《ぶたい》席へ続く右奥の扉のところに、ポーラさんがいた。それはぼくがすでに彼女を知っているから分かるというだけだった。ニトからすれば、はち切れそうなドレスを身に纏《まと》った大柄《おおがら》の男性が中腰《ちゅうごし》になって扉の隙間《すきま》から中を覗き見しているだけの光景だった。

ニトがゆっくりとぼくを見上げ、奇妙に表情の抜《ぬ》けた顔で言う。

「……帰りましょう」

「まずい物を見てしまったみたいな顔をするんじゃないよ」

いや気持ちはわかるけれども。薄暗《うすぐら》い劇場の中で見るポーラさんの奇怪《きかい》な行動は、不気味じゃないとは言えない。

このままだと本当に帰りかねないので、ぼくが率先してポーラさんに歩み寄って声をかけた。

「ポーラさん」

「きゃんっ」

脇《わき》をしめて顔の横に手を寄せ、高い悲鳴をあげながらポーラさんが飛び上がった。金色の長髪《ちょうはつ》を振《ふ》り乱して振り返る。

「やだ！　ケーちゃん！　びっくりさせないでちょうだい！」

胸に手を当てて呼吸を整えているが、びっくりしたのはこっちも同じである。

ポーラさんの悲鳴でニトもまた飛び上がり、ぼくの後ろに隠《かく》れてしまっていた。もちろん見つからないわけもなく、「あら！」と明るい声が響《ひび》いた。

「後ろに隠したレディを紹介《しょうかい》してくれるかしら？」

「食べないでくださいね？」

「あたしが好きなのはお髭《ひげ》が素敵な渋い男なの」

「ノーコメントで」

ポーラさんの力強いウインクは無視して、ちょっとばかし身体をずらしてニトを引っ張り出す。

「ぼくの相方のニトです。ニト、こちらがポーラさん」

「……に、ニト、です。あの、よろしくお願いします。それから、隠れてしまってごめんなさい。ちょっとだけ驚《おどろ》いたので」

はっきりとした態度に、ポーラさんは目を丸くして、それからにっこりと笑った。中腰になってニトに視線を合わせる。

「ちっとも気にしてないわ。驚かれるのは慣れてるの。あたしってほら、ちょっとだけ肩《かた》幅《はば》が広いでしょう?」

その冗談《じょうだん》にぼくは笑った。さりげないポーラさんのウインクに、ニトは「おお……」と瞳《ひとみ》を輝《かがや》かせた。

「挨拶《あいさつ》はこれくらいにして、ちょっとこっちにいらっしゃい。いいところに来てくれたわ」

ポーラさんは場内へ繋《つな》がる扉をちょんちょんと指差した。中を見ようということらしい。

何だろうね、とニトと顔を見合わせると、ぶきっちょなウインクが飛んできた。さっそくポーラさんの真似を取り入れたらしい。微笑《ほほえ》ましい気持ちでニトの肩をぽんぽんと叩《たた》いたら、唸《うな》り声とともに胸に拳《こぶし》が飛んできた。遠慮《えんりょ》がないなこの子。

胸をさすりつつ、ポーラさんの指差す扉に顔を寄せた。ぼくの足元にニトがしゃがんだ。

「開けるわよ」

ポーラさんが取っ手を引いた。わずかな隙間が開くと同時に、こめかみを殴《なぐ》りつけられた。背筋がぞわっと震《ふる》えた。飛び出してきたのは、歌だった。

歌ならいくらでも聴いてきた。スマホの中にたくさん詰《つ》まっている。けれどこんなに身体の奥にまで入り込む歌を、ぼくは知らなかった。頭のてっぺんまで響く高音も、耳を撫《な》でる声の甘さも、すべてが……そう、美しい。

気づけば息を止めている。自分の意識が、ともすればふわりと浮《う》かんで消えてしまいそうになるのを、思い出したように手で摑《つか》んで引き戻《もど》す。その一瞬《いっしゅん》だけ、自分がこの歌声に夢中で聞き入っていることに気づくのだ。

湖に浮かんだ小舟《こぶね》の上に寝転《ねころ》んで、暖かい春の日差しを浴びている。そんな情景が浮かんでいる。肩の力が抜けている。心は穏《おだ》やかだ。止まっていた呼吸はゆっくりと戻ってきて、肺の奥まで空気が入ってくる。ただただ、心地《ここち》が良い。

できることなら、とぼくは思う。このままずっと、この歌を聴いていたい。

いつの間にか眠《ねむ》っていた意識が覚めたみたいに、はっと目が開いた。忘失にも似た不思議な感覚と、安らかな気持ちが同時にあった。心の中に知らず溜《た》まっていた澱《よど》みが流されて、透《す》き通った水が満たされているみたいだ。

「……すごいでしょう？」

ポーラさんの声に、ぼくらは返事もできなかった。ただ頷《うなず》いた。とんでもない経験をした、ということだけがわかっていた。

そのとき、しゃがんでいたニトが奮然と立ち上がった。あまりの勢いにぼくが仰《の》け反ったほどだ。両手で扉を開くと、中に入っていく。

足音がばたばたと遠ざかっていくのを聞きながら、ぼくとポーラさんは顔を見合わせた。

それからすぐに、中からちょっとばかし情けない悲鳴が聞こえた。

3

あの素晴らしき歌声の主は、もちろんジルさんだった。身体を小さくして椅子《いす》の陰《かげ》に隠れてしまった姿を前にすると、失礼だけれど、信じられないという気持ちも湧《わ》く。歌声は堂々としていて、聴いているぼくたちは本当に圧倒《あっとう》されたからだ。

「ジル、ふたりともあなたの歌声を褒《ほ》めてるのよ」

ポーラさんがそばに座って優しく語りかける。ジルさんは抱《かか》えた膝《ひざ》に顔を擦《こす》り付けるように首を振りながら、くぐもった悲鳴をあげている。

「……わたし、失礼なことをしてしまいました」

ぼくの横ではニトがしょんぼりと肩を落としている。彼女は意気込んで感動した気持ちを伝えに行ったわけだが、ジルさんがここまで内気な性格だとは想定していなかった。ジルさんは自分の歌が見知らぬ人に聴かれていたことに悲鳴をあげ、椅子の端《はじ》っこで落ち込んでいるのだった。

「あの、すみません。盗《ぬす》み聞きみたいになっちゃって」

ぼくもジルさんに話しかけてはみるが、呻《うめ》き声が返ってくるだけだった。

「この子ったら、あんなにいい歌を人前で歌おうとしないのよ。あたしが初めて聴いたときもこんな反応をされたわ」

ポーラさんは少し困った顔をしている。歌を聴くには盗み聞きをするしかなく、それをジルさんに悟《さと》られないようにするのがお互《たが》いのためだったらしい。それを知らないニトが飛び込んでいってしまったわけだ。

それに思い至らないほど鈍《にぶ》いニトではないし、気にするなと言って頷く性格でもない。的確に状況《じょうきょう》を察したニトが、ますますしょんぼりと肩を落としてしまって、さてどうしようかと考える。

ジルさんはいま、予想だにしなかった衝撃《しょうげき》を受けて戸惑《とまど》ったりびっくりしたりで忙《いそが》しく、感情をうまく処理できていないのだと思う。となれば、それ以上のわかりやすい衝撃を与《あた》えればもしかすると再起動したりしないだろうか。謝るのはそれからの方が良い。

ぼくはポーラさんの隣《となり》に並んで、できるだけ柔《やわ》らかい声で語りかけた。

「ジルさん、村で灯花祭をやることになったんですけど、そこで歌ってくれませんか？」

ジルさんの首の動きがぴたりと止まる。顔を上げてぼくを見返した瞳は、呆気《あっけ》にとられた色をしている。返事がないのは、ぼくの言葉をうまく受け止め切れていないからだろうと推測して、ぼくはもう一度、ゆっくりと繰《く》り返した。

「灯花祭で、歌ってくれませんか」

「……はあ。灯花祭をやるんですか」

「はい」

「あの、灯花祭ですか」

「その、灯花祭です」

なるほど、と頷いたあとで、ジルさんはようやく言葉の意味を理解したらしい。

「む」

「む？」

「無理に決まってるじゃないですか⁉」

そんな、私が、歌うなんて！

細切れに大きく息を吸いながら、もげて飛んでいくんじゃないかってくらいの勢いで首を横に振る。ある程度は予想していたものの、その拒絶《きょぜつ》っぷりに説得の余地はなさそうに思えた。

あの歌声を聴《き》いたことによる思いつきではあるけれど、それは我ながら良いアイデアに思える。ただ、当の本人がここまで嫌《いや》だと言うのであればもちろん無理強《じ》いはできない。

「じゃあ、一般《いっぱん》参加ということでお願いできませんか？」

「……う、歌わなくていいんですか？」

それなら、まあ……と、ジルさんはポーラさんの顔を見る。それは最終決定権をポーラさんに委《ゆだ》ねているという証《あかし》だろう。

ぼくはそれですっかり安心していたのだけれど、予想外にもポーラさんは首を振った。

「素敵なお誘《さそ》いだけれど、あたしは遠慮するわ。ジル、あなただけで行ってらっしゃいな」

笑ってはいても、常に良い返事があるわけではない。時にはどんな表情よりも雄弁《ゆうべん》な拒絶を含《ふく》んでいることがある。ポーラさんが浮かべていたのはそういう笑みだった。どんな誘い文句でも変わらない頑《かたく》なな意思があった。

ジルさんは違《たが》えることなくポーラさんの気持ちを慮《おもんぱか》り、ゆっくりと首を横に振った。

「……だったら、あの、私も行かない、です。せっかくのお誘いなのに、ごめんなさい」

そうですか、と答えながらも、気になったのはポーラさんの拒絶だった。印象では、ポーラさんが二つ返事で了承《りようしよう》して、ジルさんが渋《しぶ》ると思っていた。ポーラさんには強い意思で断る理由があるらしい。それを訊《き》くのは、ちょっと立ち入りすぎなんだろうな、と思う。

「ジル、あたしに気を使わなくてもいいんだから」

とポーラさんが語りかける。

「……ううん。ひとりじゃ心細いし」

「……そ。ごめんなさいね、ケーちゃん。あたしたちは不参加ってことでお願いできる？」

顔の前で両手を合わせ、明るい雰囲気《ふんいき》でポーラさんが言う。

「ええ、こちらこそ急に誘ってしまってすみません」

「誘われるのは良い女の証だもの、嬉《うれ》しいわ。お返しはするから、今回は許してちょうだい」

先ほど見せた硬い笑みはなく、飄々《ひようひよう》とした様子だ。それは少しばかりぎくしゃくした雰囲気を変えるための振る舞《ま》いだった。

「期待して待ってますね。誘われるのは良い男の証でもありますから」

「あら、ケーちゃんも分かってるわねえ」

　ぼくらは視線を交わし、お互いにしこりがないことを確認しあった。ちょっとばかしすり合わせが難しい問題に触《ふ》れてしまったというだけで、悪意もなければ不満もない。仕切り直しにしましょう、ということである。

「あ、ジルさん」

　と、ぼくは話題を変えた。わざとらしさは仕方ないが、それを指摘《してき》する人はこの場にはいない。

「改めて紹介《しょうかい》します。ぼくのマブダチのニトです」

　ニトの背中を軽く引き寄せるようにして、ぼくの隣に並ばせた。小さな背中が固く、力が入っているのは、緊張《きんちょう》のせいだろう。

「……ニト、です。さっきは、急に押しかけてごめんなさい。それに盗み聴きもしてしまって」

　しゅんとした声に慌《あわ》てたのはジルさんだった。ぶんぶんと胸の前で両手を振《ふ》る。

「あ、そんな、謝るのは私の方で、お聴き苦しいものを大変お恥《は》ずかしい……！」

「聴き苦しくないです！」

ぱぁん、とニトが発した声がホールに響《ひび》いた。ている。

ぼくもポーラさんも目を丸くしてニトを見た。ジルさんは動きを止めて、きょとんとしている。

声の大きさに自分で驚《おどろ》いた様子で、ニトは口を覆《おお》った。視線が集まっていることに頰《ほお》を赤くしている。それでも両手で拳をつくると、ジルさんをまっすぐ見つめた。

「すごく、すごく、素敵な歌声でした。わたし、ジルさんの歌が大好きになってしまいました。聴き苦しくなんてないです」

尻《しり》すぼみに声は小さくなっていったが、ニトは最後まで言い切った。恥ずかしさのためか視線はすっかり下がってしまった。

ぼくはニトの成長に胸がいっぱいだった。人慣れしていない引っ込み思案の彼女が、ここまでしっかりと思ったことを伝えられるなんて……！

ポーラさんが柔らかな笑みを向けた。それからジルさんの肩《かた》を優しくこづいた。

「ですってよ？」

「……あ、ありがとう、ございます。嬉しい、です」

ジルさんもまた、ニトの気持ちを慮ってくれた。お礼の伝え方は不器用極《きわ》まりないものだったけれど、それでも受け入れてくれたのだ。

ニトはおずおずと視線をあげて、ジルさんと小さな笑みを交わした。お互いの不器用さを照《て》れ臭《くさ》く思うやりとりだった。

「これで新しい友達ができたわね、ジル」

ジルさんがとっさに手を振ろうとしたので、ぼくはすかさずニトに声をかけた。

「ニトも良かったね」

「はいっ」

明るく元気の良い返事だった。

ジルさんはあわあわと手の居場所を探して、胸の前で組んだ。

「……わ、私と友達になっても、いいこと、ないと思います、けど」

「そんなのいりません」

とニトがジルさんに両手を差し出した。

「わたしはジルさんのことをもっと知りたいです。わたしのことも知ってほしいです。だから、友達になりたいです」

ぼくは天を仰《あお》いで額をぴしゃりと打った。できれば扉《とびら》の外に出て叫《さけ》び出したいくらいだった。

ぽんぽん、と肩が叩《たた》かれる。いつの間にかポーラさんがそこに立っていた。彼女は口元を押さえていて、暗いホールの中でも瞳《ひとみ》が潤《うる》んでいるのが分かった。顔を寄せてきて、小声で言う。

「良い子すぎて尊い……」

この時ばかりは低音の男性の声だったが、ぼくは何も言わずにただ深く頷《うなず》くばかりだった。

そばで見ているだけのぼくらでこうなのだから、ジルさんはもう、よく分からない呻き声をあげていた。眉尻《まゆじり》も口の端《は》も下げて、それでいて目はぎゅっと細まり、嚙《か》み締《し》めた歯が覗《のぞ》いている。それはもう、泣き出すのを必死にこらえる時の表情だった。

「わ、わだじもニトちゃんと友達になりたいです……」

正確にはもう泣いていたかもしれないけれども、ぼくもポーラさんもちょっと目にゴミが入ってしまって、よく見ていなかった。

ようやくゴミが取れたころには、ニトとジルさんは両手をつなぎ合って、ちょっとばかし歳の離《はな》れた友人ができていた。

「お、お恥ずかしいところを……」

頬を赤くしたジルさんがぼくに頭を下げる。ぼくはとんでもない、と否定はするけれど、それでジルさんが納得するわけでもない。

　今さらになって、席を外しておいたほうが良かったかなと思った。こういう時、男がひとりいるのは気まずいものだろう。ポーラさんは別として。

「ほらほら、せっかく二人とお友達になれたんだから、いつまでも頭を下げてちゃだめよジル」

「えっ」

　と上がった驚きの声は、たぶんぼくと友達になった覚えはなかったからだろう。ただ、ぼくにはニトほどの純真さで訴《うった》えかけることはできないので、ポーラさんの言葉に便乗して勢いで押し通すことにした。

「友達も増えたことですし、一度お暇《いとま》しますね」

「あら、あたしのダンスは観て行かないの？」

「灯花祭に誘っておきたい人がいて。モンテさんっていうんですけど、知ってます？　湖の近くの」

「ああ、雷《かみなり》ネズミね……」

　ポーラさんは渋い顔をして見せた。

「知り合いですか？」

「子どものころにこっぴどく叱《しか》られたことがあるのよ。悪戯《いたずら》したあたしたちが悪かったんだけど。ちょっと苦手意識が残ってるの」

叱る、という言葉が意外だった。

「話した限りでは穏《おだ》やかな人でしたけど……」

「昔は違ったの。娘《むすめ》さんが病気で亡くなってから、急に元気をなくしちゃったのよ」

意図しないタイミングで知った事実に、罪悪感に似た居心地《いごこち》の悪さを感じた。本人のいない場所で、その内情を知るというのはあまり良いことではないだろうから。

ポーラさんもすぐにはっとして、口を指先で押さえた。

「……思い出話の口が軽いのは年寄りの証だわ。聞かなかったことにしてちょうだい」

ぼくは黙《だま》って頷いた。

「どちらにせよ、誘っても難しいと思うわ。そういう集まりに出る人じゃないもの」

「ぼくもそんな気はしてますけど」

と苦笑しながらも、試す分にはタダなのだ。

ポーラさんとジルさんにまた後で来ます、と挨拶《あいさつ》をして、ぼくらは劇場を出た。

4

昼前の空は明るい日差しもあって透《す》けるように青く、雲の白さがよく目立った。白と灰青の油絵具を塗《ぬ》り重ねたような厚みのある雲だ。

ヤカンが別荘地《べっそうち》を抜《ぬ》ける。緩《ゆる》い坂の上にぽつりと建つ家の、古びた濃《こ》い青色の屋根が見えた。

「あそこだよ」

モンテさんの家がすぐそこまで迫《せま》ったとき、三輪《トラ》バイク《イク》が対向からやってきた。それはもちろんシャロルだった。細長い手足を伸《の》ばしてバイクを駆《か》る姿はやけにさまになっていて、ニトと一緒《いっしょ》に「おお……」なんて声を漏《も》らしてしまった。

ぼくらが一緒に行かないかと誘《さそ》ったのを、シャロルは断っていた。どうやらモンテさんに会いに行っていたらしい。そこでふと、シャロルはもしかして、と気づいた。

道の端《はし》にヤカンを寄せて停める。シャロルも速度を落として横付けした。ハンドルを回して窓を開ける。

「今から行くところだったんだけど。帰っちゃうの？」

「ええ。もう用事は済んだから」

シャロルは顔半分を覆うほどの大きなゴーグルをつけていて、目元の表情がよく分からなかった。いつもと変わらない様子のようでいて、どこか違和《いわ》感があった。

「なにかあった？」

「私を心配してくれるの？　優しいのね」

「いや、冗談《じょうだん》ではなくて」

シャロルはハンドルから手を離して背筋を伸ばしている。顔はまっすぐにぼくを見ていた。ゴーグルのガラス半分にはぼくの顔が反射していて、もう片方にはシャロルの瞳が見えた。そこに秘められた感情を、ぼくは読み取ることができない。

「大丈夫《だいじょうぶ》よ。ありがとう。先に戻《もど》ってるわね」

返事を待たず、シャロルはハンドルを握《にぎ》った。軽《かろ》やかな排気《はいき》音を鳴らして林の青い陰《かげ》の中に入っていった。

「……シャロルさん、どうしたんでしょうか」

「やっぱり様子がおかしかったよね」

ニトも同意見となれば、ぼくの勘違《かんちが》いではない。シャロルの言った用事が原因だろうし、それはモンテさんが関わっているだろう。鍋底《なべぞこ》を舐《な》める弱火のような不安を感じながら、ヤカンを進めた。

家の前の広場に停車して、二人してモンテさんの家の扉の前に立った。ノックをするが返事はない。もう一度、強めに叩くと、少しの間を置いて扉が開いた。

「……今度は君か。続けて来客があるなど、何年ぶりだろうな」

顔を覗かせたモンテさんを見上げて、ニトが小さく「わっ」と声を漏らした。

モンテさんが視線を下げた。ニトと見つめ合い、ふっと笑った気がした。

「君の保護者かね」

「ぼくのことを何歳だと思ってるんです？」

モンテさんがいきなり冗談を言うとは思わなかった。

「入りたまえ。紅茶を淹《い》れるところでね。君たちの用事はそれから聞くことにしよう」

招かれて足を踏《ふ》み入れて、ニトはゆっくりと室内を見回した。居間を飾《かざ》る調度品の美しさに見入っているようだ。それは二度目のぼくも同じだった。窓からの日差しが室内をよく照らしている。ランプのオレンジの光源と濃い影《かげ》で彩《いろど》られていた昨夜とはまったく違う表情を見せている。

部屋の奥からモンテさんがポットとカップを載《の》せた盆《ぼん》を手に戻ってきた。

「立ち尽《つ》くして何をしているのかね。知らないなら教えるが、ソファはそこだよ」

尖《とが》った鼻で示される。

「すみません、急にお邪魔《じやま》して」

「構わないさ。悪い知らせ以外は歓迎《かんげい》するようにしている」

モンテさんは手慣れた動きで紅茶を淹れて、ぼくらの前にカップを置いた。昨日のようにお酒のボトルはない。小壺《こつぼ》に入った角砂糖と、オレンジ色のジャムが入った小さな容器が添《そ》えられている。

「いただきます」

昨夜もご馳走《ちそう》になったので、ぼくはニトよりも遠慮《えんりよ》が少ない。角砂糖を落とし、ジャムを掬《すく》って紅茶に混ぜた。

ニトも同じように砂糖と紅茶を混ぜて、ぼくらは少しの間を紅茶を楽しむ時間にあてる。

「さて、君たちは暇《ひま》を持て余《あま》した老人の話し相手をしに来たのかね？」

遠回しに用件を訊《たず》ねる捻《ひね》った言葉に苦笑しつつ、ぼくはカップを置いた。

「用件がふたつあるんです」

「ひとつよりはふたつの方が良い。ひとつを断っても呵責《かしやく》が少なくて済む」

「じつは灯花祭をやろうという話になっていまして。モンテさんも参加してくれませんか？」

「ちなみにもうひとつは？」

「シャロル——さっき来ていた女の子ですけど、何があったのか、差し支《つか》えなければ教えてくれませんか」

モンテさんは「ふむ」と紅茶を啜《すす》った。

「私は賑《にぎ》やかな場所が苦手だ。せっかくだが灯花祭に参加するつもりはない。誘いに来てくれた手間と配慮《はいりょ》には感謝しよう。先ほどの少女の件は、私の一存で話す内容ではない。個人的事情に関わる問題だ。彼女に訊きなさい」

素気ない返事だった。けれど内容も理由も明快だからか、嫌《いや》な気持ちにはちっともならない清々《すがすが》しさがあった。シャロルの件については、全くその通りと頷くばかりでもある。少なくともモンテさんと問題が起きたという心配はしなくて良さそうだと分かったので、ひとまずは安心できた。

「これは好奇心《こうき》から訊くが、どうして今になって灯花祭をやろうと？」

「……深い理由はないんですけど」ぼくは苦笑した。「強《し》いて言うなら、ニトの好奇心ですね」

手でニトを示す。彼女はぴんと背筋をのばして、ちょっとばかし緊張《きんちょう》した様子のまま頷いた。まるで校長室に呼ばれた生徒みたいな行儀《ぎょうぎ》の良さだ。

「それなら仕方がないな。参加できずにすまないね、お嬢《じょう》さん」

「い、いえ……お訊きしてもいいでしょうか」

モンテさんが頷く。

「ファゴさんとはお知り合いなんですよね？」

「今となっては最も古い知り合いだろうな。様子はどうだね」

「あの、お元気です。毎朝、聖堂のお掃除《そうじ》をして、お祈《いの》りもしています」

「そうか」

と、モンテさんは小さく答えた。たった一言に込められた思いは、ずいぶんと複雑な響《ひび》きを残している。

ぼくの視線に気づいたモンテさんは、ソファの背にもたれて、お腹の前で手を組み、窓の外に顔を向けた。

「君たちは、祈ったことがあるかね」

ぼくらは顔を見合わせた。返事をしたのはニトだった。

「どんなお祈りですか？」

「食前の感謝、豊穣《ほうじょう》、願掛《がんか》け、死者の憩《いこ》い。祈りの内容は千差万別だが、他者より強く長く祈る人間は、常に赦《ゆる》しを願うものだ」

「悪いことをしたから、ですか」

　モンテさんはニトに丸い瞳《ひとみ》を向けた。

「そうだよ、お嬢さん。だが、祈る人だけが悪いことをしているわけじゃない。誰《だれ》もが何かしらの悪事を犯す。違うのは、その悪事を自覚して向き合う精神を持ち合わせているかどうかだ。祈りは常に内省的でしかない。姿の見えぬ存在に向け、聞こえぬ声で語りかけ、その日々を繰《く》り返す。それは他者に下される刑罰《けいばつ》以上の苦しみを内包している」

「……つまり、ファゴさんも赦しを願っていると？」

　ぼくが訊くと、モンテさんは首を左右に振《ふ》った。

「あくまで私がそう考えているというだけさ。確認したこともない。しかし、仮定の話だとして。もし赦しを乞《こ》うために毎朝を迎《むか》えていて、その祈りを聞き届ける者もいないのであれば——人生とは何とつまらない物語だろうかと思わないかね」

　その眼差《まなざ》しは、どうしてか、ぼくに向けられている。返事を期待されているようにも思えたが、ぼくは返すべき言葉に困っていた。祈ったこともなければ、赦しを願ったこともない。ファゴさんのことも知らない。

「でも、祈ることは無駄《むだ》ではないと思います」

と、ニトが答えた。

「誰にも届かない祈りだとしてもかね？」

「祈りは、願いは、いつか叶《かな》うかもしれないからです」

「ずいぶんと楽観的な考えだ」

「わたしは、叶いました。だから、祈ることを……あり得ないって思うようなことを願っても、いいんだと思います」

感情論の言葉だった。でもそれを、モンテさんは否定しなかった。ニトの気持ちが籠《こも》っていたからだと思う。彼女の実感から発せられた意見には、理屈《りくつ》をものともしない力がある。

モンテさんは鼻から息を抜くように笑って、かすかに頷《うなず》いた。

「それをファゴのやつにも言ってやってくれ」

やけに優しい声音《こわね》だった。ただの知り合い、というには、親しみが籠っているような気がした。

「あの、お二人はどういうご関係なんですか？」

「ただの古い馴染《なじ》みさ」

ぼくの質問はさらりと受け流された。

それでニトとモンテさんの間にあった、息を潜《ひそ》めるような雰囲気《ふんいき》も変わって、ぼくらは紅茶をご馳走になって、やがて家を出る。

ヤカンの前に並んで立って、ぼくらは困った表情を共有しながら、曖昧《あいまい》な笑みを交わした。

「……みんな断られちゃったね」

「……そうですね」

モンテさんは無理だとしても、ポーラさんとジルさんなら参加してくれるのではないかと思っていた。

「ぼくら四人でやるってことになるのかな」

「……ちょっとだけ寂《さび》しいです」

退屈《たいくつ》な日常を彩るのに、灯花祭というのは良い機会だとぼくも思う。ただ、四人でお祭りというのは詫《わ》びしいものがあるのは確かだった。

「ファゴさんも、ポーラさんも、ジルさんも、モンテさんも、こんなに近い場所にいるのに顔を合わせることもないみたいですし……」

肩《かた》を落とすニトを、どう励《はげ》ますかは悩《なや》ましい。

たしかに、彼らはみんな近い距離《きょり》に住んでいる。それでもお互《たが》いに交流のようなものもなくて、他人としての距離感を保って生活をしている。ニトにとっては違和《いわ》感のある状《じょう》況《きょう》なのだろう。大人はそういうものだから、と言い捨ててしまうのは寂しいことだ。

そこでふと思い出して、ぼくは家の扉《とびら》に戻った。

もう一度ノックをすると、すぐにモンテさんが顔を覗《のぞ》かせた。

「紅茶のおかわりでも？」

「あ、いえ、お気持ちだけで。訊き忘れたことがあったんです」

と前置きして。

「ポーラさんって覚えてますか？　昔、モンテさんに悪戯《いたずら》をして怒《おこ》られたそうなんですけど」

モンテさんの反応は、ぼくの予想のどれでもなかった。

It's time to say goodbye, but I think goodbyes are sad and I'd much rather say hello
Hello to a new adventure.
圏外
15:11
34%
< MEMO
灯花祭
赤光の聖女さまというのが、この村にも来たことがあるという。その聖女さまへ感謝を捧げるために始まったお祭りは、ただ騒いで楽しむだけではない意味があるみたいだ。灯花にそれぞれの祈りを託しているのかもしれない。
See you later, Fantasy World. We hope that Tomorrow comes again

第四幕「夜明けに届かぬアメジスト」

1

劇場のホールへ繋《つな》がる扉《とびら》をくぐった。真昼の強い日差しが天井《てんじょう》の窓からくっきりとした筋となって客席を照らしている。並んだ椅子《いす》の中程《なかほど》にひとり、ポーラさんが座っていた。特に呼びかけもせずに歩み寄って、隣《となり》に腰《こし》を下ろした。ぼくの横にニトが座った。

ポーラさんはぼくを一瞥《いちべつ》すると、また正面に顔を戻《もど》した。幕の開いた舞台《ぶたい》を、ぼくとニトも眺《なが》めた。

「あたしが十になった夏よ」と、彼女が言った。「この劇場ができたの。友達の親がここの用務員になったから、お客さんの少ない時には、こっそりと客席の隅《すみ》に入れてくれたの」

ぼくはポーラさんに顔を向けず、返事もしなかった。たぶん、そうするのが良いのだろうなと思っていた。

「初めての夜を今でも忘れないわ。照明に輝《かがや》く美しいドレス、伸《の》びやかな手と脚《あし》、その足元には細く高いヒールの靴《くつ》……音楽という馬を乗りこなして踊《おど》る姿に、あたしは心から美しいと思ったの。そして、あたしもそうなりたいって強く思ったわ。光の中で力一杯《いっぱい》に手や脚を振り上げてみたいって」

「……それで、今のお仕事に？」

鼻で笑う音がした。他人を小馬鹿《こばか》にするものではない。自分を嘲《あざけ》る時の、どこか力の抜《ぬ》けた響きだった。

「あたしの仕事はただの仕立て屋よ。週給十二ベルクぽっちの小さなお店のね。週末の夜になれば、場末の酒場の端《はし》で見せ物みたいに踊って小銭をもらうだけ。おが屑《くず》の敷《し》き詰《つ》められた床《ゆか》に、飛んでくるのは酒臭《くさ》い野次と食いかけのパン、たまに銅貨ってところ。あの頃《ころ》に憧《あこが》れた光もドレスも靴も、ぜんぶ夢のままよ」

そうですか、とぼくは頷いた。

「うっかり話して、すぐに気づいたわ。失敗したなあって。雷《かみなり》ネズミに訊《き》いたんでしょう？」

「――ポーラは娘《むすめ》の名前だ、と。それも、ずっと昔に亡くなったたって」

ぼくはポーラさんに視線を向けた。自分がどういう表情を浮《う》かべるべきかもわからなかった。戸惑《とまど》っている気持ちが強かった。

「……どうして、亡くなった人の名前を？　たまたまってことはないですよね？」

「ええ、もちろん。だってあたしの親友だったんだもの。あたしが踊り手になりたいと言った時も——身体《からだ》は男だけれど、心は女なんじゃないかって悩んだ時も、ポーラだけが真剣《しんけん》に向き合ってくれたわ」

ねえ、と、ポーラさんがぼくに向き直った。

「ケーちゃんは、あたしを見ても拒絶《きょぜつ》も否定もしなかったわね。目つきも何も変わらないし……どうして？」

「どうして、って、一般《いっぱん》的なことだから、ですかね」

身体と心の性が一致《いっち》しないという人は、テレビ番組やドラマや映画で見知っている。知り合いになったのは初めてだけれど、否定する理由もない。

「一般的……？」

ポーラさんが不審《ふしん》そうに眉《まゆ》をひそめた。ニトがぼくの横から顔を出して説明してくれる。

「ケースケは異世界人なんです。だからこの世界とは常識が違《ちが》っていまして」

「まあ！」と、ポーラさんが両手で口を押さえた。目をまん丸にしてぐいと顔を寄せてくる。「ケーちゃんってば、すごい子だったのね！　あたし、異世界の人に会うなんて初めてよ！」

「特にすごいこともしてないですけどね」

有名人と出会ったようなことを言われても、反応に困ってしまう。

「異世界、異世界なのね。ケーちゃんの世界では、あたしみたいな外れ者も堂々としてるの？」

「堂々としている……人もいますし、大人しくしている人もいるんじゃないかな。やっぱり差別とか偏見《へんけん》は残ってはいると思いますけど、だんだん当たり前として浸透《しんとう》している途《と》中《ちゅう》だと思います」

こんなことを訊かれると分かっていたら、もっと勉強しておくんだったな、と思う。そうしたらもっと詳《くわ》しく話せたのにな。曖昧《あいまい》な言い方しかできない。

ポーラさんは胸に手をあて、ゆっくりと首を振った。

「……そう。本当にそんな世界があるのね。あたしたちみたいなのが当たり前に過ごせるなら、すごく……素敵だわ」

その表情に、胸が締め付けられた。ぼくがあまりに当然として生きていた社会だ。それをこんなに切実に、眩《まぶ》しそうに、羨《うらや》ましげに見つめる人がいる。どんなに欲《ほっ》しているか想像もつかない人がいる。ぼくは今までまったく気づきもしなかった。

「この世界も、いつかはそうなれば良かったのだけれどね。そうなる前に滅《ほろ》んじゃったわ」

とポーラさんが笑う。「それも良かったかなって、あたしは思ってるの。あたしにとっては、あまり住みやすい世界でもなかったし、未来に希望もなかった」

「舞台で踊る夢があったんじゃ……？」

ニトがおずおずと言った。ポーラさんは柔《やわ》らかな笑みを返した。

「ええ、もちろん。でも、夢と現実には境があるんだって、分かってしまう年齢《ねんれい》があるの。自分にはもう無理だなって、諦《あきら》めてしまう場所がね。こうしてもぬけの殻《から》になった劇場でも、あたしにはもったいないくらいよ」

そんなことは、と言いかけたニトの膝《ひざ》を、ぼくは押さえた。ニトが何を言っても、ぼくが何を言っても、ポーラさんにとっては意味のない言葉にしかならないと思った。

ぼくらがこの場で思いつく程度の言葉を、彼女が知らないわけがない。信じて、願って、手に握《にぎ》って、それでも駄目《だめ》だったから諦めるしかなかったということが、世の中にはどうしても存在する。

「ポーラさんは、どうしてここに戻ってきたんですか？」

「それは、もちろんこの劇場で踊ってみたくて、よ」

「ぼくと初めて会ったとき、無理やり車を止めて、村のことを訊きましたよね？」

今にして思えば、あれはポーラさんらしくない行動だった。モンテさんの娘さんと友達で、ここの出身で、それからふと——思い出す写真がある。

「——もしかして、ポーラさんって、ファゴさんの……」

確信というよりは打診《だしん》に過ぎなかった。ファゴさんの家で見た写真に映る男の子の面影《おもかげ》は、ポーラさんにはない。それに、息子は死んだとファゴさんは言っていた。

自分でも信じきれないままの質問だった。

ポーラさんは、ただ、泣きそうな顔で小さく一度、頷《うなず》いた。

ニトが息を呑《の》む音がやけに大きく響《ひび》いた。

「そ、それなら、どうして、あの、ファゴさんに」

ぱたぱたと手を振《ふ》りながらニトの口から矢継《やつ》ぎ早《ばや》に単語だけが飛び出してくる。どうしてファゴさんのところへ名乗り出ないのか、と訊きたいのは分かる。いや、そもそも。

「ファゴさんは、ポーラさんがここにいるって知ってるんですか？」

彼女は首を振った。

「……だって、今さら合わせる顔がないもの」

「合わせる顔がないって、お母さんなのに」

ニトに向けて、ポーラさんは寂《さび》しそうに笑いかけた。

「あたしがね、女として生きたい、踊り手になりたい、って打ち明けたとき、父はそりゃもう怒ったの。でも、あたしも譲《ゆず》らなかった。その日に勘当《かんどう》されて、それっきり。あの人たちにとっては、あたしはもう息子じゃないのよ」

見た目もこんなだしね、とポーラさんは自嘲《じちょう》した。

「こんな奴《やつ》が今になって帰ってきて、あなたの子どもですなんて、どの面《つら》しても言えないわよ」

「だって、でも、こんなに近い場所に……」

ニトの声は尻《しり》すぼみになって、ついには聞こえなくなった。

「ありがとう。ニトちゃんは優しい子ね。でも、ごめんなさい……あたし、臆病《おくびょう》なの。あたしの想像の中ではいつも、振り返った母はこう言うの。あんたみたいな人間は知らない。息子は死んだんだって」

「でも、それは……」

「そうね、想像よ。でも、もし本当にそうなったら……そう考えるだけで、怖《こわ》くてたまらないのよ。絶望を抱《かか》えたまま死ぬくらいなら、このままの方がいいの。母が結晶《けっしょう》になってしまう日が来て、それであたしは後悔《こうかい》する。それか、あたしが先に消えるかね。どっちにしろ、マシだわ」

だから灯花祭《とうかさい》にも行けないの。本当はとっても行きたいけど。

明るい話しぶりは、ぼくとニトのことを気遣《きづか》ったものだった。その強さに、そこまで強くなるしかなかったことに、ぼくは喉《のど》が苦しくなった。

世界は滅びかけている。もう、終わるのだ。誰《だれ》も彼もが消えてしまって、明日が来るかもわからないのに、親子で気持ちをわかり合うことすら難しい。

最後なんだから、とぼくは思った。聖女さまでも、神さまでも、勇者さまでも何でもいい。そういう存在がやってきて、すべての問題を解決してくれたらいいのに。

ポーラさんを励《はげ》まして、どうにかなるだろうか。ファゴさんに真実を打ち明ければ、上《う》手《ま》くいくだろうか。そんなことをする権利が、ぼくにはあるだろうか。

考えても答えはわからず、だから黙《だま》りこくるしかなくて、そんなぼくらに、ポーラさんは優しく言う。

「ほら、そんな悲しい顔をしないで。人生に大事なのは微笑《ほほえ》みよ」

2

聖堂の広場に戻《もど》ってくるまで車内に会話はなかった。ぼくもニトも考えていることは一《いっ》緒《しょ》だろうけれど、どちらも冴《さ》えたやり方を思いつけずにいた。

広場には、いつもは見かけないシャロルの三輪バイクが停まっている。ヤカンを横付けして、ぼくらは聖堂の中に入る。聖女さまの像は何も変わらないままそこに立っていた。眼前を通り過ぎて、廊下《ろうか》を進むと、書庫の扉《とびら》が開いている。中を覗《のぞ》くとシャロルが椅子《いす》にぽつんと座っていた。

「……どうしたの？」

「おかえりなさい。あなたたちを待ってたの」

部屋がやけにがらんとしているな、と思った。理由はすぐに分かった。今まで机に積み上げられていた本の山がすっかり書棚《しょだな》に片付けられていたからだ。

シャロルは立ち上がってぼくらの方にやってくると、あの魔法《まほう》の鞄《かばん》から一冊の厚い本を取り出した。それをぼくらに差し向ける。とっさに受け取ると、それはずっしりとした重みがあった。

「あげるわ」

「あげるわって、なに、この本」

革張りの表紙は傷《いた》みがひどく、ずいぶんと古い物らしい。雑に扱《あつか》うと今にもばらばらになってしまいそうだった。

「地図よ。探していたんでしょ」

「見つけたの？」

　シャロルは首を振った。

「それは私が受け継《つ》いだ運び屋の地図。この書庫に地図はないわ。あの小説家さんがそう言ったから」

「モンテさんが？」

「ええ。あの人、ここの本はすべて読んだんですって。だからこれ以上探しても無駄ね」

「だから、シャロルの地図をくれるってこと？　でもこれ、大事なものだよね」

　受け継いだ、ということは、先祖代々で積み重ねてきた記録の塊《かたまり》ということだ。ただの地図、なんて話では済まない。

　けれどシャロルは平然と「もう必要ないもの」と言った。

「こんな世界で運び屋なんて仕事を続ける意味はないわ。地図は使わない」

「でも、物語を探してるんだろ？　そのために使ったりさ」

「それも終わったの」

　は？　と間抜《まぬ》けな声が出た。

「あの小説家さんが知っていたの。結末は最初から存在していないんですって。個人が作った未完成の本……よくあることよ。身内で楽しむために作ったはいいけれど、完成させる前に飽《あ》きてしまうのよ」

やはり、と思う気持ちもあった。モンテさんの家に向かう途中ですれ違《ちが》ったとき、予感はしていた。シャロルは、探している物語にについて訊《き》きに行ったのだ。

たしかに、物語について訊くのであれば、小説家というのはこれ以上ない相手だろう。

昨夜の時点でぼくも思い当たるべきだった。自分のことで頭がいっぱいだった。

「でもモンテさんが知ってたって……本当に？　信じるの？」

「ええ。内容まで正しく知っていたもの」

真偽《しんぎ》はともかく、なにもかも話が突然《とつぜん》に過ぎた。ただでさえ頭が茹《ゆ》だっていたのに、突然そんなことを言われても言葉がうまく組み合わせられない。口も動かない。

今までぽかんと口を開けたまま黙っていたニトが前に出た。シャロルを見上げる。

「……シャロルさん、どこかに行くんですか？」

シャロルはゆっくりとしゃがんで、ニトと目線を合わせた。

「ええ、そうね。探し物がこの世界に存在しないっていう答えも分かったから」

やけに気に掛《か》かる言い方だった。

「ど、どこに行くんですか！」

「考えてないわ。ずっと地図を見て、荷物を持って、誰かや何かを探して生きてきたの。だから、ついに何にもなくなって、私も困ってるのよ。どこに行ったらいいのかしら、って」

ニトは唇《くちびる》をぎゅっとひき結んだ。眉尻《まゆじり》がぐっと下がって、今にも泣き出しそうに見えた。その頬《ほお》にシャロルが手を伸《の》ばし、優しく撫《な》でる。

「そんな顔をしないで。ごめんなさい。心配させちゃったわね」

そのままじっと、二人は見つめ合った。けれどふと、シャロルが視線を伏《ふ》せて立ち上がる。

「あなたたちには探す場所があるんでしょう？　だったら、私が持っているよりずっといいわ。役立てて」

ぼくに一瞥《いちべつ》をくれて、シャロルはぼくたちの横を通り過ぎた。ニトが慌《あわ》てて振り返ってシャロルを呼び止める。

「今から行っちゃうんですか!?」

「あら、灯花祭をやるんでしょう？　私も参加したいわ」

「でも、いま」

シャロルはきょとんとニトを見返して、自分の行動に思い当たったらしく、小さく吹《ふ》き出した。

「ややこしかったわね。トライクの点検をしようと思っただけよ」

「……紛《まぎ》らわしい」

つい安堵《あんど》のため息が出た。これでもかと別れの雰囲気《ふんいき》を出すものだから、このまま出発するのかと思ったぞ。

「あら、あなたまで寂《さみ》しがってくれるの？」

「寂しがってないし、ぜんぜんこれっぽっちも思ってない」

「それは残念ね」

からかう声に思い切り顰《しか》め面《つら》を返してやったが、シャロルは気にした様子もなく、廊下を歩いていった。

ニトはその背中をずっと見送っていた。ぼくは手に持った本を見下ろし、ゆっくりと鼻から息を吐《は》く。

出会いがあれば、その次は別れだ。仕方ないと割り切ることはやっぱり難しいけれど。物事は変わっていく。それを止めることだけはぼくらにはできない。

「灯花祭、か」

参加者はぼくら四人だけだし、それが終わればシャロルとはまた別の道を行くことになる。ずいぶん寂しいお祭りになりそうだなと、気が重くなる。

ぼくですらそうなのだからニトに至っては目に見えてわかるくらいに元気がない。シャロルをすっかり慕《した》っていたから、急に迫《せま》った別れの実感が強くて当たり前だ。

「大丈夫《だいじょうぶ》？」

おずおずと声をかける。

「……わたし、勘違《かんちが》いをしていました」

ぽつんとニトが言った。

「物語ではたくさん辛《つら》いことや悲しいことが起きて、でもみんな頑張《がんば》っていて、最後には上手くいって、大事なものを見つけて、幸せになって……だから、現実もそうなんだって思っていました。信じて頑張ればきっと願いは叶《かな》って笑顔になるんだって」

現実が本当にそうだったら、どれほど良いだろう。現実に起きないことだから物語になるんだと、したり顔で言う大人を笑い飛ばせたら気分も明るくなるだろう。けれど現実は物語ほど上手くいかないことを、ぼくは知っている。そしてニトもまた、気づいていた。

「現実って、物語より、ずっと難しいんですね」

ぼくを見て、ニトは気の抜《ぬ》けた笑みを見せた。

「どうしたらみんなが笑顔になるのか、そのために自分に何ができるのか、わたし、ぜんぜん分からないんです。いっぱい本を読んだのに、知識だけはあるのに、人の悲しみや苦しみに寄り添《そ》う方法を、なにも知らないんです」

視線はゆっくりと下がって、ついに足元を見つめる。

「辛い思いをしている人がいるのに、わたしたちは見ていることしかできないんでしょうか。聖女さまみたいに魔術が使えないと、誰かを助けることはできないんでしょうか……」

何かできるさ、と声をかければ、ニトの気はいくらかでも晴れるだろうか。たとえその何かが分からないままだとしても。

出会ったばかりの他人のために、ここまで真剣《しんけん》に思い悩《なや》んで、苦しんで、本当に助けたいと思う心を持っているニトが、あまりに眩《まぶ》しく、そして脆《もろ》く見える。純粋《じゅんすい》すぎる彼女の心はガラス細工のように美しいが故《ゆえ》に、ひどく欠けやすいのだろう。

気の利《き》いた言葉のひとつでも勉強しておけばよかったな、と思う。高校生の男はみんな、数学の方程式よりも、英語の過去進行形よりも、目の前で悲しんでいる女の子を励ますための言葉を学ぶべきなんだ。そのほうがずっと社会のためになる。

じゃないと今のぼくのように唇《くちびる》をひき結んだまま、情けなく棒立ちになるしかないのだから。

ぼくらは気まずい沈黙《ちんもく》を共有していた。ニトがぶんぶんと髪《かみ》を振《ふ》って、ぐいと顔をあげた。その表情は今できる精一杯《せいいっぱい》の笑顔だった。

「ごめんなさい。またケースケに甘えてしまいました。気にしないでください」

「……ちっとも甘えじゃないと思うよ」

気の利いたことも言えないぼくの方が謝りたい気分だった。

「簡単に上手くいくことじゃないし、答えもないいんだって分かってるんです。ケースケを困らせてしまいました」

ニトは廊下を見やった。窓から斜《なな》めにさす日差しが、床《ゆか》に光の浮島《うきしま》を並べている。細く開けた窓から吹き込む風がカーテンを揺《ゆ》すっていた。

「……目に鮮《あざ》やかな天気ですね」

「目に鮮やかな天気って、面白《おもしろ》い表現だね。良い天気とは言わないの？」

「気持ちよく晴れてるだけが、良い天気ではないと思いますから」

そうだね、とぼくは答えた。天候はぼくらの気持ちを慮《おもんぱか》ってはくれない。どんなに陰《いん》鬱《うつ》な気分のときだって、空は嫌《いや》になるほど清々《すがすが》しく青いし、日差しは眩しい。そんな日を鬱陶《うっとう》しく思ってしまうときもあるものだ。今みたいなときは特に。

「わたし、絵を描《か》いてもいいですか？　何も用事がなければ、ですけど」

「もちろん」

ニトにとって絵を描くことは生活の一部で、気持ちや考えを整理するための時間なのだと分かっていた。ぼくにも頭を落ち着かせて物事を考える時間が必要だ。

ニトは部屋に戻《もど》ると、画材をつめたバッグを背負い、イーゼルを担《かつ》いで、聖堂の外へ出て行った。絵の題材を探すのだろう。

ぼくも同じように部屋に戻ったはいいが、ニトのように取り掛かるものもない。バックパックからスマホを取り出して椅子《いす》に座る。ネットに繋《つな》がっていればいくらでも暇《ひま》つぶしはできた。けれど今はただの小さな金属の箱だ。ダウンロードしてあった音楽を鳴らすか、メモをとるか、わずかな写真を見返すくらいのことしかできない。

適当な音楽を再生する。異世界という非現実的な光景に、日本のありふれたポップソングはちぐはぐに響《ひび》いている。

ぼくもシャロルに倣《なら》って車の点検でもしようかなと考え始めたとき、ドアがノックされた。開けっぱなしにしているのにおかしいなと振り返って、そこに立っていたジルさんの姿に驚《おどろ》いた。

3

話す場所を聖堂に移したのは、密室だとジルさんが落ち着けないに違いないと判断したからだ。それでも三人分くらいのスペースを空けて長椅子に座って、ぼくらはぎこちなく会話を始めた。

「……あの、どうかされたんですか？」

ジルさんに用事があるのは明らかだったけれど、それが何なのかという予想はまったくつかない。少なくともジルさんの性格で、ひとりでここに来るのは相当の勇気が要《い》っただろうなと思う。

ジルさんは言葉を切り出そうとして、思うように出ない声に自分で戸《と》惑《まど》った顔をした。

ぼくと視線が合うと、ぎゅっと唇を噛《か》んでうつむいてしまう。

いきなり本題には入りづらいようだったから、まずは何でもない会話でお互《たが》いの緊張《きんちょう》をほぐす方が良さそうだ。

「ここには車で？」

「……はい」

「ポーラさんが乗ってたやつですか？」

「……あれは、あの、この村に来る前に見つけたもので……共用してるんです」

「ジルさんもこの村の出身なんですか？」

彼女はぶんぶんと首を横に振った。

「わた、私、は……バルシアの出身で……そこで、ポーラに会って」

「じゃあ古い友達なんですね」

「そんなに長くは」と答えて、ジルさんは言葉を止めてしまった。「……ごめん、なさい。つまらないですよね……私、人と話すのが苦手で、よく分からなくて……」

「バルシアって、ぼくも行ったことがあるんです」

「えっ」

急に話題を変えたことで、ジルさんは呆気《あっけ》にとられたような顔をした。ぼくは笑いかけた。

「綺麗《きれい》な街並みですよね。建物も立派だし」

「……そう、ですね。人がたくさんいました」

「住みやすい街でした？」

「……はい」とジルさんは小さな笑みを浮《う》かべた。「誰《だれ》も、私みたいに地味な人間のことに目を向けないので……」

「ポーラさんとはどうやって知り合ったんです？　あ、単純に興味があって。こう言うと失礼ですけど、似た物同士、って感じではないですよね」

「……そうですね。ぜんぜん、似てないです」

ジルさんはちょっとだけ笑って、その吐息《といき》のぶんだけ肩《かた》から緊張が抜けたように見えた。懐《なつ》かしい思い出を探すみたいに視線を上げて、ぽつぽつと話してくれる。

「ポーラが仕立て屋で働いていたことは……？」

ぼくは頷《うなず》きを返した。

「その仕立て屋にドレスを一着、作りに行ったんです。叔母《おば》の開く集まりに、どうしても参加しなくちゃいけなくなって……そのとき、担当してくれたのがポーラでした」

「……訊《き》いていいのか分からないんですけど、そのときのポーラさんは、その」

「男性の装いでした。髪も短くて、きっちり撫《な》でつけていて。話し方もすごく、お手本みたいに男性らしくて……」

話しながら、ジルさんはくすくすと笑った。その気負いのない表情がきっと、ジルさんの本当の姿なんだろう。

「私、昔からずっと男性が苦手だったんです……話すのも、近くにいるのもだめなくらい。

でも、あのときのポーラには不思議とそんなことがなくて、お話も楽しくて……今思うと、ポーラの心が女性だったから、そう感じたんだなって分かるんですけど」

恥《は》ずかしい話なんですけど……と、彼女は前置きをした。

「たぶん、あれは恋《こい》だったんだと思います……どうしても会いたくて、二ヶ月で五着も服を仕立ててもらいに行ったんです。着る予定もないのに」

急に打ち明けられた大人の女性の恋物語に、ぼくの方が気恥ずかしくなった。

「でも、それじゃ、あれ……お二人ってそういう」

あっ、とジルさんが慌《あわ》てて、顔の前で両手を振った。

「違《ちが》います、違いますっ。えっと、ポーラが気づいて、自分のことを打ち明けてくれたんです。気持ちを弄《もてあそ》ぶようなことをしてごめんなさいって……ぜんぜんそんなことはなくて、私が勝手に舞《ま》い上がってしまっただけなんですけど……初めての恋はそこで終わってしまって、でも、すごく良いお友達になれたんです」

ジルさんはそこで物思いにふけるように黙《だま》り込んだ。かと思うと、ぐっと顎《あご》を上げ、ぼくを見据《みす》えた。

「ポーラから、聞きました。あなたとニトちゃんに、事情を話したって……ポーラと、お母さんの」

「……そうですね、お聞きしました」

「お願いがあるんです」と彼女は言った。「ポーラとお母さんが仲直りできるように、手伝ってくれませんか……っ」

きっとそう言われるだろうな、と予感はあった。ポーラさんの一番近くにいた彼女がそのことを知らないはずもないし、悩まないわけもない。ぼくよりも当たり前に、真剣に、考え続けていたはずだった。

「ポーラは、あの、本当にお母さんを大事に思ってるんです。だから自分も大変だったのにここに戻ってきて、でも、どうしても会いにいけなくて、私がこんなだから、なにを言ってもだめで、諦《あきら》めていて……でも、絶対、会いたいはずなんですっ」

詰《つ》まった言葉を押し流すような早口でジルさんが言う。肩は上下して、呼吸は荒《あら》く、顔は赤くなっている。自分らしくない言動を恥じるように目を閉じて、それでも俯《うつむ》くことはなかった。

「……ポーラは、毎朝、出かけるんです」

静かな声だった。

「ここまでやってきて、お母さんが聖堂の掃除《そうじ》に行くのを、こっそり見守ってるんです。戻ってきたら、今日も元気そうだったわって、笑って……私は頷くことしかできなくて……どうしたらいいのか分からなくて……」

そうして、ぼくに向けて深く頭を下げた。椅子の座面に額が着くくらい、精一杯に。

「……こんなことをお願いするのはおかしいと思います。でも、私だけじゃ、どうにもできないんです……だから、一緒《いっしょ》に考えてくれませんか。手伝ってくれませんかっ」

「ジルさん、ちょっと、頭を上げてください！」

慌てるのはもちろんぼくである。歳上の女性に頭を下げられて堂々としていられる度量はない。かといって肩に触《ふ》れて押し上げるわけにもいかず、わたわたと情けなく手をもがかせるしかできなかった。お願いします、という声に、ぼくは分かりましたと答えるしかないじゃないか。

おそるおそる、ジルさんが頭を上げて、ぼくの顔色をうかがうように見る。

「……よろしいですか？」

しかし交わす視線は、ぼくが思ったよりも追《お》い詰められた様子もなく、もしかするとこうなると分かっていての行動だったのではないかとさえ思えた。

「……ずるいですよ」

「……一応、これでも歳上なので」

申し訳なさを含《ふく》めて小さく笑う顔は、少女のような子どもっぽさがあった。女性のそんな表情には、きっと男はどうやっても敵《かな》わないに違いない。それにぼくもニトも、何かできないかという思いは同じだった。

「でも、ぼくだって良い案なんてないですよ？」

「やっぱり、都合よく異世界の知識でぱぱーんって、なりませんよね……」

「未来の道具が詰まったポケットでもあれば良かったんですけど」と答えてから、平然と出された異世界という言葉に気づく。「ポーラさんから訊いたんですか？　ぼくが異世界から来たって」

当たり前にそうだろうなと確認すると、ジルさんは首を横に振《ふ》った。

「初めてお会いしたときから……あの、気づいていました」

「やっぱり分かりやすいですか？　言動とか、見た目とか」

ぼくが異世界人だとすぐに気づく人はたしかに何人かいた。モンテさんもそうだった。

ところがまた、ジルさんは首を振った。

「あの……内緒に、していただけますか……？」

秘めやかな口ぶりに、ぼくは思わず息を呑《の》んで頷いた。大人の女性からの内緒話を断る男は、もちろんこの世にいない。

ジルさんはちょっとだけ身を乗り出して、口元に手をあてた。ぼくもぐっと顔を近づけた。澄《す》んだ花の清涼《せいりょう》な香《かお》りがした。

「──私、実は魔女《まじょ》なんです」

4

魔女と名乗る人に、ぼくとニトは出会ったことがある。それも遠い昔ではない。魔女は魔術的な力でもって、あらゆる質問に一度だけ正しい答えをくれるという。その力をあてにして、まさにバルシアに立ち寄ったのだ。

「……正しい答えをくれるんですか？」

疑うような声音《こわね》になってしまうのは、やっぱり避《さ》けられなかった。

バルシアで見つけた魔女は、その鋭《するど》い観察眼と話術によって奇跡《きせき》を装う偽物《にせもの》だったからだ。

ジルさんは口元に手をあてて、吹《ふ》き出した笑いをおさえた。

「異世界にも魔女がいるんですか？」

「いませんよ。魔女とはちょっと縁《えん》があって」

「だからそのお伽話《とぎばなし》を知っているんですね」ジルさんは首を振る。「魔女は、そういうものじゃないんです。そうだったら良かったなと、私も思いますけど……」

その口ぶりには、何かを騙《かた》るような気負いがなかった。当たり前にそうであることを話すみたいに自然だ。なにより、ジルさんがぼくにそんな嘘《うそ》をつく必要もないだろう。

「じゃあ本当に魔女、なんですか？　魔法とかそういうのが」

ついにこの瞬間《しゅんかん》が来たかと腰《こし》を浮かしかけた。ジルさんはこれまでよりもさらに激しく両手を振った。

「つ、使えないです、ごめんなさい。それは魔術師の領分で……っ！」

「だとしたら、魔女ってなにをするものなんです？」

「……魔女はもともと薬学や呪術《じゅじゅつ》的なことを担《にな》う民間の医療《いりょう》者、みたいなものだったんです……薬草を煎《せん》じた薬で気分を明るくさせたり、痛みや苦しみを和《やわ》らげたり……儀式《ぎしき》的なもので、邪気《じゃき》を払《はら》うこともあります」

「リアルすぎる」

むしろぼくの世界のほうがそういう役割に馴染《なじ》みがあるかもしれない。

「……ただ、魔女は代々、血を受け継《つ》ぐんです」

「血、というと？」

「魔術は血に宿る、という考えが一般《いっぱん》的だったんです。魔術文明が衰退《すいたい》して血は薄《うす》くなってしまったけれど……それでも魔術の血をこっそり継いできた家がいくつかあって、それが今では魔女なんて呼ばれてるんです」

「あれ、じゃあ魔術が使えるってことですよね？」

「……使える、というよりは、込めることができる、が正しいかな……魔女が作る薬にも、祈《いの》りにも、魔力が宿るとは言われています。だから少しだけ……人に影響《えいきょう》を与《あた》えられるんです」

「じゃあジルさんもそういう、魔法の薬みたいなのを作っていたんですか？」

「……私は、その、才能がなくて」

血を継いだら勝手に使える、というわけでもないらしい。

「私は、歌に勝手に魔力を込めてしまうんです。どんなに練習しても、どうしても制御《せいぎょ》できなくて……」

歌に魔力、と聞いて、劇場で盗《ぬす》み聞きしたときのあの強烈《きょうれつ》な感覚を思い出した。

「ジルさんの歌を聴《き》いたとき、背中がぞわぞわってして、頭がぼわっとして、なんだか気持ちがすっきりしたんですけど、もしかして」

「……はい。それです」

「マジかよ魔法じゃん」

とっさにめちゃくちゃタメ口になってしまって、ぼくは慌てて口を押さえた。

ジルさんがまた頭を下げる。

「……すみません、勝手に」

「いや、勝手にというか、ぼくとしてはすごいものを聴かせてもらって感謝したいぐらいなんですけど……どうして人前で歌わないんですか？　絶対すごい歌手になれましたよ」

間違いなく、ぼくもニトも感動した。ジルさんの歌に惹《ひ》き込まれていた。それは誰《だれ》にでもできることじゃない。

けれどジルさんはますます肩《かた》を縮こめてしまう。

「……親族全員から、禁止されたんです。人前で歌うな、って」

「禁止って、そんな」

「私も、そうした方がいいなと思って生きてきました。歌うことは大好きです。でも……私が悲しい気持ちで歌うと、聴いた人は悲しくなるし、辛《つら》い気持ちで歌うと、辛くなるんです。それが魔女の力なんです。……それに私の場合は、歌という媒体《ばいたい》のせいか、聴こえてしまった人の魔力の多寡《たか》に関係なく同じように影響を与えてしまうんです」

綺麗《きれい》な歌声というだけなら問題はなかったのだ。けれどジルさんの歌声には、魔力だとかいうものが付いてしまう。それは人の感情を操作してしまうような危険がある。

「それは、洗脳、みたいになっちゃうんですか。悲しい気持ちだったのに、ジルさんの歌を聴いただけで愉快《ゆかい》な気分になる、とか」

「……本人が望まない気持ちの変化にはなりません。感情に働きかけるのはとても強い魔術なので……」

「だったら、それってむしろすごいことだと思いますけど……楽しい気持ちになりたいときは笑顔になれて、悲しみたいときには泣いて、共感して。その心の揺《ゆ》れ動きを感じられるのが歌や音楽のいいところでしょうし」

ジルさんはぼくを見返して、そっと首を横に振った。

「それだけじゃなくて……魔女は、こっそり生きていたんです。権力のある人に見つかってしまうと、すごく難しいことになるし、今の時代では魔術への迫害《はくがい》のようなものもありますから……分かる人には、分かってしまうんです。あれは魔女だ、って」

そればっかりは、ぼくはもう何も言えなかった。ジルさんの歌声で注目を集めるなというほうが難しい。

誰よりも人を感動させる才能を持っているのに、彼女は家族の身を守るためにも、決して人前で胸を張って歌うことができなかった。あまりにも報《むく》われない環境《かんきょう》にため息をつくしかなかった。

「……夢に描《えが》いたりは、しなかったんですか？」

「……夢、ですか？」

ぼくは言葉を探した。あまり直接的な言葉を選ぶことは、ジルさんを傷つけることになるのではないかと思った。過ぎ去った時間にたられればを持ち込むことは、思い出を暗く歪《ゆが》めるきっかけにもなる。それでも、ぼくはどうしても、ジルさんの気持ちを聞きたかった。

「人前で歌うことや……自分の歌で、周りの人が感動すること、とか」

ジルさんは言葉の途中《とちゅう》で視線を下げてしまった。ぼくが言い終えてからも、返事はしばらくなかった。やっぱり訊くべきじゃなかったと後悔《こうかい》し始めたころ、

「ずっとそれが夢でした」

と彼女は言った。

「歌うのはいつも、居間や、小さなバスルームや、被《かぶ》った布団の中でした。観客は家族だけ。歌うことは大好きで、歌うこと以外はなにもできなくて、でも、家の外では歌ってはいけなくて……街の劇場の前を通るたびに、いつも思っていました。こんな場所で光を浴びながら、昔の歌姫《うたひめ》のように思いきり歌えたらどんなに素敵だろう、聴いてくれる人たちに元気や感動を与えられたら、私も自分を好きになれるかなって」

でも、いいんです。ジルさんはぼくに笑いかけた。

「世界はもう、滅《ほろ》びます……夢は夢のままおしまいで、きっとよかったんです」

見つめる視線から目を逸《そ》らしたのはぼくだった。

この世界でずっと生きてきて、急にそれが滅びようとしているジルさんの気持ちを、分かりますなんてとても言えない。そして彼女ほどの苦悩《くのう》もないぼくが偉《えら》そうに言える言葉はひとつもなかった。

沈黙《ちんもく》がやってきたが、その時間は長くなかった。

「……すみません。私の話ばかりして。長くなっちゃいました」

ぼくは首を振った。

「もうたくさんの観客の前で歌うことはないし、私にできるとも思えないです。でも、もし……私の歌に力があるなら、意味があるなら……ポーラのために、歌いたいんです」

ジルさんは組んだ両手を唇《くちびる》に当てた。それはまるで、強く祈る姿だった。

「ポーラとお母さんの気持ちを……そのわだかまりや、苦しみや、悲しみを……私の歌で、解きほぐせないかなって、ずっと思っていたんです」

それは、どうなんだろう。可能なのか？

人の気持ちの背中を押す、ジルさんの歌。あと一歩の勇気を後押しする、希望の歌。問題は、聴く人が願わない気持ちにすることはできない。

つまり、ファゴさんが和解を願っていないのであれば、どうにもならないということだ。

「私にできることは、これくらいしかなくて……でも、それが上手くいくのかも、どうやればいいのかも、どんな気持ちで歌えばいいのかも、分からないままで……だから、それを一緒《いっしょ》に、考えてくれませんか？」

どうすればいいのかちっとも分からなかった問題に、ひとつの公式が提示されていた。問題は、公式をどうあてはめればいいのかはぼくもまったく分からないということだ。

「歌で人の気持ちを繋《つな》げるわけですよね。ほんと、物語みたいな話だ」

つまり現実味がないということだ。思わず笑いが浮《う》かんでしまうくらいに。

「……私にとっては、あなたが物語みたいです」

突拍子《とっぴょうし》もない言葉を向けるジルさんに、ぼくは呆気《あっけ》にとられた。

「……過去の異世界人の物語が、いくつもあるんですよ。彼らはみんな、この世界に影響を与えてきました。文明や技術だけではなくて……人の気持ちや、思想や、行いにまで。この世界にはない常識を持つあなたなら、なんとかしてくれるんじゃないかって……そう思ってしまうんです……勝手な期待、です。あの、ごめんなさい」

過去の偉人《いじん》じゃあるまいし、とぼくは苦笑するしかない。他の異世界人がすごかったとしても、ぼくはまったく普通《ふつう》の人間なのだ。勇者や救世主にはなれやしない。

けれど、こうして頼《たよ》られた状況《じようきよう》で、ぼくには無理ですとは言えないだろう。それはなんというか、ちっぽけなプライドなのだ。何もできずに諦《あきら》めることはできないくらいには、ぼくは負けず嫌《ぎら》いだった。それは、ジルさんやポーラさんのためではなくて——。

自分の考えを笑い飛ばして、首を振《ふ》った。

「わかりました。何か、考えてみます。いいやつを」

「……ありがとうございますっ」

ジルさんが再び深々と頭を下げるものだから、ぼくはまた慌《あわ》てる羽目になった。ようやくジルさんを元の状態に戻《もど》して、ふと気になっていたことを訊いた。

「異世界人の話なんですけど、どうしてぼくがそうだって分かったんです?」

ジルさんはその時だけ、やけに大人びた表情をぼくに向けた。その意味合いは、ぼくには読み解けない。

「魔女《まじよ》は他人の魔力を見ることができるんです。ぼんやりとした光みたいに。この世界では、魔力を持たない人はいないので」

ああ、なるほど、と。ぼくはその先に続く言葉をすぐに予測できた。

「異世界人は、魔力を持っていないんです」

5

ノックからしばらくして、扉《とびら》が開いた。顔を覗《のぞ》かせたファゴさんはぼくを見ると、わずかに目を細めて息を吐《は》いた。大袈裟《おおげさ》に片眉《かたまゆ》をひそめる。

「なんだい、あんた一人とは珍《めずら》しいじゃないか」

「他の人の方がよかったですかね」

「なにを言ってるんだか。用事でもあるのかね」

「灯花祭の打ち合わせをしようかと」

「……本気でやるつもりなのかい。まあいいさ、お入り」

という声に甘えて、ぼくは家の中にお邪魔《じゃま》した。居間のテーブルの上には小さな丸い木《き》枠《わく》が置かれていた。それには白い布が挟《はさ》んであって、刺《さ》しかけられた針には赤い糸が伸《の》びていた。

「刺繍《ししゅう》ですか？」

「時間だけ余らせるとこういう手慰《てなぐさ》みしかやることがないのさ」

「……気持ちはよくわかります」

ぼくも手に余るほどの時間にいつも頭を悩《なや》ませているのだ。

「いまお茶を淹《い》れるからね、座ってお待ち」

ファゴさんは机とソファに広がった布切れや裁縫具《さいほう》を手早く片付けた。キッチンに向かう背中を見送って、棚《たな》に飾《かざ》られた白黒の写真を改めて眺《なが》める。あの写真立てがひとつきり、やはりうつ伏《ぶ》せになっていた。

「灯花祭って、何が必要なんでしょう？」

キッチンにいるファゴさんに聞こえるように少しだけ声を張った。

「そうさね、まずは食べ物だろうさ。それに酒もいる」

「ぼくとニトは飲めませんけど」

「聖女さまに捧《ささ》げるんだよ。あんたが酒を飲んで騒《さわ》ぐなんざ十年早いよ」

ああ、と納得する。夏祭りというよりは神事みたいなものだから、聖女さまに供える物の方が重要なのだろう。

「あとは、夜に焚《た》きつけるための薪木《たきぎ》も必要だけど、聖堂の倉庫に備蓄《びちく》があるんじゃないかね。それと灯花《あかりばな》を欠かしちゃいけないね」

「その灯花っていうのは、どこで咲《さ》いているんです？」

「あの偏屈《へんくつ》じじいの家には行ったんだろう？　あの湖のあたりに群生地があるのさ」

「じゃあ集めてこないといけませんね。たっぷり」

「たっぷりったって、どうせ集まるのは四人だろう？　こぢんまりとやるならそんなに必要もないさ。見飽《みあ》きるよりは物足りないくらいのほうがいつだっていいもんだよ」

「そうなんですよね。声をかけてはみたんですけど、断られちゃって……モンテさんも、ジルさんも——ポーラさんも」

「……今さら灯花祭をやるっていっても、そりゃ参加したがらない人間もいるもんさね」

盆《ぼん》にティーセットを載《の》せて、ファゴさんがキッチンから戻ってくる。立ったままのぼくに訝《いぶか》しげな目を向けている。

ぼくはたぶん、ちょっと困ったような顔をしていると思う。他人の事情に踏《ふ》み込むのは、あまり嬉々《きき》としてできることではない。

「ポーラ、という名前、知ってますか？」

「さてねえ。歳をとると人の名前なんざすぐ忘れちまうから」

あっけらかんと答えながら、ファゴさんはテーブルに盆を置いて、カップに紅茶を注《つ》ぐ。

「モンテさんとは古い付き合いだそうですね」

「あいつもあんな場所に家を構える前はここに住んでたからね。小さな村じゃ誰《だれ》も彼もが顔馴染《なじ》みになるもんさ」

「だったら、モンテさんの娘《むすめ》さんのことも？」

その時ばかりはファゴさんも動きを止めた。ぼくの方を見ることもなく、ただ、仕方ないとでも言いたげなため息が聞こえた。

「……なんだ知ってたのかい。だったらさっさとお言いよ。くだらない芝居《しばい》なんかしちまったじゃないか」

「すみません。ぼくもさっき知ったばかりなので」

ファゴさんが湯気の立つカップに息を吹《ふ》きかけるのを見て、少し安心した。怒鳴《どな》って追い出されたっておかしくないくらいには繊細《せんさい》な問題なのだから。これなら走って逃《に》げる必要に迫《せま》られることもないだろうと判断してソファに腰掛《こしか》けた。

話と紅茶のどちらを優先するかに悩んで、さきに喉《のど》を潤《うるお》すことにした。熱い紅茶でひと息つく。その間にどう切り出すかを考えてみた。ここに来るまでにずっと考えてはいたけれど、今になっても良い案は浮かばない。そういう時には変に回り道をせず、素直にいくしかない。

「……ポーラさんがメルシャン通りに帰って来てることに、気づいてましたよね？」

ファゴさんは普段と変わらない姿勢で、表情で、抑揚《よくよう》で、

「ああ。もちろんさ」

と答えた。

「毎朝、物陰《ものかげ》に隠《かく》れてこっちをじろじろと見てるんだ。髪《かみ》を伸ばして、おまけに派手な色のドレスまで着てる。気づくなっていう方が難しいだろう」

「……そう、ですね。言われると確かに」

ぼくとしては衝撃《しょうげき》の事実を解明した気分だったけれど、改めて言われると、そりゃ気づいて当たり前かもしれない。ポーラさんはただでさえ体格が良いのだ。それを鮮《あざ》やかな服で覆《おお》っているのだから、遠くからでもよく見える。

「子どもの時から抜《ぬ》けてるところがあったからね。性分《しょうぶん》は変わらないんだろうさ。あれであたしには気づかれてないと思ってるんだろう？」

「……ええ、はい」

これでもかなり気合をいれて、真剣《しんけん》な面《おも》持ちで来たつもりだった。なのにファゴさんの泰然《たいぜん》とした態度を前にすると、ぼくの方が空回りをしている気分だ。だからといって、ここで紅茶をご馳走《ちそう》になっただけで帰るわけにもいかない。

「分かってるなら、会って話したいとは思いませんか？」

「――思わないね」

その時の声ばかりは、鋭《するど》かった。

「いまさらどんな顔をして、何を話すってんだい？　あの子がこの家を出た時に息子は死んだのさ。それはあの子も重々承知してるはずだ」

まるっきり突《つ》き放《はな》した言い方だった。

「でも、親子でしょう？　すぐそこにいるのに」

「だったら会いにくりゃいいだろう。それを遠くから眺めるだけなんだから、あの子にとっちゃ、その距離《きょり》で充分《じゅうぶん》なんだってことさ。お互《たが》いのために、それがいいんだってね。それをあんたみたいな子どもを遣《つか》いによこして、まったく情けない」

「ぼくはポーラさんに頼《たの》まれたわけではなくて、ですね」

「なんだ、じゃあ自分の好奇《こうき》心で他所《よそ》の家庭の話に首突っ込んでんのかい？」

これは拙《まず》い、という状況が分かる瞬間《しゅんかん》が誰にでもある。理屈《りくつ》ではなくて、本能的に察知するものだ。ぼくにとっては今がそれだった。

「くだらないことをするんじゃないよ」

「……はい。すみません」

ぴしゃりと叱《しか》り付けられるなんて、何年ぶりのことだろう。怒《おこ》られる、ではなく、叱られる、というあたりが、ちょっと情けなく思えた。ファゴさんのおっしゃる通り、全面的にぼくに非があるわけで。

「……まったく。暇《ひま》なのは分かるけどね、もっと有意義なことに労力を注ぎな」

続いて優しく諭《さと》されたわけだけれども、それはそれでまた辛《つら》いものがあった。

「ごもっともなんですけれども……ここにいるのは、ぼくにとっては有意義なことなんです」

ファゴさんはじろりとぼくを睨《ね》め付けていた。また叱られるかな、と覚悟《かくご》はしていた。

肩《かた》から力を抜くような、鼻にひっかけたため息が響《ひび》いた。

「なんだってそうなったのかは知らないけどね……べつに面白《おもしろ》い話にもなりゃしないよ。年寄りの話はいつだってそうさ。もうなにも変えようがないから昔話しかやることがないんだ」

それはぼくが首を突っ込むことへの、ファゴさんなりの了承《りょうしょう》の証《あかし》だった。

「何があったのかって、訊《き》いていいですか？」

「……親というのは、どうしても子どもに期待するもんだ。言葉も話せない赤ん坊《ぼう》のころは、ただ幸せになってほしいと願うだけだったのにね。言葉を話し出して、ものを考えるようになった年頃《としごろ》から、どうにも欲《よく》をかき始める。立派になってほしい、社会で成功してほしい、その姿を自分に見せてほしい」

「それは、悪いことじゃないと思いますけど」

「悪くはないさ。でもそれを子どもに強制するようになると、いいことにはならないね」

伏《ふ》せた目の先には紅茶の水面があったが、そこに映るのはきっと思い出の中の光景だった。

「夫もあたしもその時々で最善と思えることを精一杯《せいいっぱい》にやった。どこで間違《まちが》えたのかは、いま考えてもわからないね。もしかすると最初から間違えていたのかもしれない」

ファゴさんは思い出すことにも疲《つか》れたみたいに息をつく。

「あたしたちのような、古臭《ふるくさ》い考えで、それを変えるのにうんと時間がかかるような家ではなくて、もっといい親のもとに生まれるべきだったのかもしれないね」

ふいにあげたファゴさんの視線はテーブルの上を滑《すべ》り、端《はし》に寄せられた刺繍針にたどり着く。

「一度もつれちまった糸を解《ほど》くのは難しい。普通《ふつう》は切って捨てちまうけどね。家族の繋《つな》がりなんてのはそうはいかない。解こうともがくうちにもっとこんがらがっちまって、あとはもう、どうしようもなくなるのさ」

「……なにが原因でもつれたんです？」

ファゴさんが笑った。ぼくがあまりにおずおずと、怯《おび》えるように訊いたからだろうか。

「簡単なことさ。あの子が自分は女なんだ、踊《おど》り手になりたいんだと打ち明けたとき、旦《だん》那《な》はあの子を殴《なぐ》りつけた。あたしはあの子を守ってやれなかった。受け入れてやることもできなかった。それであの子は家を出た。それだけだよ。本当に、それだけのことさ」

それだけのこと、という言葉に、どれだけの思いがあるのかは推《お》し量れない。それだけのことを解決できないがために、ポーラさんもファゴさんも苦しんでいる。

「あの子を認めて、受け入れて、抱《だ》きしめて守ってやれなかった人間が、どうしていまさら母親面《づら》ができるってんだい。合わせる顔がないんだよ、あたしには。どんなに謝っても足りやしない。あの日からあの子がどんな風に過ごしていたかと思うだけで、あたしは……」

かすかに震《ふる》えた声の先は続かず、けれどファゴさんは唇《くちびる》を引き結び、表情を崩《くず》さなかった。そこには嘆《なげ》くことや悲しむことすらも自分には許さない頑《かたく》なさがあった。そんな権利は自分にないと、強く律する意思があった。

「……ポーラさんが会いたいと言っていても、ですか？」

それをぼくの口から伝えることは、良いことではないのかもしれない。それでも伝えるべきだと思った。どうにかして、二人の糸のもつれを解けないかと思った。

「会ったら、赦《ゆる》してくれと言っちまう。あたしは強い人間じゃない」

「それはいけないことですか？　謝って、それでポーラさんが赦してくれるなら」

「あたしが自分を赦せないのさ」

赦しのために、人は祈《いの》る。

モンテさんが言っていた言葉の意味が、ようやく理解できた気がした。

人は誰かに赦しを求めて祈るわけじゃない。自分で自分を赦すために祈るのだ。けれどそれは、決して叶《かな》わない祈りだ。自分を赦すことは自分にはできないのだから。自分を簡単に赦せる人は、そもそも祈るということをしない。

毎朝、ファゴさんは聖堂にやって来る。祈りの日々は、自分を責め続ける毎日だった。世界が滅《ほろ》びても、それでも、ファゴさんはその毎日を繰《く》り返しているのだ。すぐそこに自分の子どもがいても、会うことすら自分に赦せないままに。

ぼくは拳《こぶし》をこめかみに押し付けた。強く押し込んでぐりぐりと捻《ひね》る。鈍《にぶ》い痛みは意識を明確にさせる。それでもファゴさんを説得する魔法《まほう》の言葉は見つからなかった。

なんだって魔術は滅びてしまったんだろう？

きっとあっただろう。貴族とか、聖女さまとか、そんな人たちが知っていたはずだ。人の苦しみや悩《なや》みや、どうしようもないすれ違いを解決できる、奇跡《きせき》みたいな魔法を。

異世界なんてお伽話《とぎばなし》みたいな場所なのだから、とぼくは思う。

――お伽話みたいに、すべてが上手《うま》くいってくれよ。

It's time to say goodbye, but I think goodbyes are sad and I'd much rather say hello.
Hello to a new adventure.
圏外
15:11
34%
< MEMO
赤光の聖女
あちこちで耳にするその人は、歴史上の偉人みたいな扱いらしい。聖女さまを信仰する教会もあるし、この村には立派な聖堂に彫像まである。それだけすごいことをした人ってことだろう。像を見るに美人だけれど、これは美化されていそうだな。
See you later, Fantasy World. We hope that Tomorrow comes again.

第五幕「ミッドナイト・ブルーにふたりきり」

1

「わたし、考えたんです」

とは、夕食を終えたあとのニトの言葉だった。なにを、と訊《き》き返すまでもなく、灯花祭《とうかさい》についてのことだろう。

ニトはスケッチブックを取り出し、ページを開いてぼくに渡《わた》した。隣《となり》のシャロルがちょっと身を寄せて、ぼくらは並ぶようにページを覗《のぞ》き込む。

「……素敵」

シャロルの呟《つぶや》きにぼくも頷《うなず》いた。ニトの絵はべらぼうに上手《うま》い。ぼくに教養があればもっと具体的にどこがどうすごいと言えるのだろうけれど、透明感《とうめいかん》があって、綺麗《きれい》で、吸い込まれるような色彩《しきさい》だ、とか、そういうありふれたことしか言えない。あるいは本当に心に迫《せま》るものに触《ふ》れたときには、感想なんてものは使い古された言葉に集約されるのかもしれない。

ランタンに照らされた紙面に描《えが》かれているのはこの村の景色だった。階段状に肩を寄せ合う家と、隙間《すきま》を埋《う》めるわずかな木々よりひとつ高い場所に聖堂の頭が覗いている。空は夕暮れの雲が輪郭《りんかく》を柔《やわ》らかにしていて、それが心の奥にしまったはずの郷愁《きょうしゅう》を誘《さそ》い出している気がした。

「……あ、あの、そんなにじっくり見られるのも恥《は》ずかしいのですが」もじもじと両手の指をこねながらニトが言う。「ページをめくってください」

次のページに進むと、この聖堂やメルシャン通りの劇場やファゴさんの家が描かれている。

「あの、この絵に文字を描いて、招待状にしたらどうだろうって思ったんです」

お祭りに招待状？

「それは……面白《おもしろ》い発想だ」

ニトは自分の髪《かみ》の毛先をくるくると指に巻き付けながら、自信なさげに話し出した。

「でも、その、ただの思いつきでして……根拠《こんきょ》があるわけではなくて。わたしにできることは何だろうって考えたんです。わたしは世間知らずですし、ケースケみたいに人の気持ちを察したりするのも苦手だし……絵を描《か》くことしかできないなと思って」

ニトはぼくらの反応を確かめるように顔をあげた。

「だから、ここはもう、素直に、わたしの精一杯《せいいっぱい》の気持ちでご招待して、お願いしようかとっ！」

ふんっ、と拳《こぶし》を作って断言したニトだった。ぼくは呆気《あっけ》にとられた。

さも事情ありげだったり、興味もなさげに断った人を誘い直すためのアイデアが――精一杯の気持ちをこめた招待状？

「それって、なんというか、ニト、君は――」

うまく言葉が出ないぼくの後をシャロルが引き継《つ》ぐ。

「とても真っ直《す》ぐな考え方だわ」

「そう、ど直球だ。マジでど真ん中」

「……やっぱり、だめでしょうか」

ニトの耳がしゅんとして下がった途端《とたん》、脇腹《わきばら》に肘《ひじ》が突き刺《さ》さった。「ごっ」と、自分の口から今までに聞いたことのない音が出てきた。悶絶《もんぜつ》しながらシャロルを睨《にら》むが、彼女はこっちを見てすらいなかった。悪いのはぼくだけれども、涼《すず》しい顔をして遠慮《えんりょ》がないんだこいつは……。

「だめじゃないんだ。直球すぎて考えてもみなかったから、驚《おどろ》いたってだけで」ぼくは脇腹をさすりながら答える。「普通《ふつう》は、断られたらそれで諦《あきら》めるし、また誘うにしたってなんとか別の方法を考えようとするからさ。この問題を解決しないとどうにもならないぞ、って身構えちゃって」

それが大人の考え方であると胸を張ることはできない。別に正解があるわけでも、そうしろと言われたわけでもないのだから。本当はただ素直に真っ直ぐぶつかればいいのに、もっともらしい理由や、立派な解決法じゃなきゃだめだと、いつしか思い込んでしまう。

「だから……ニトの考えは、すごくいいかもしれない」

ときにはそんなぶつかり方をすることも、ぼくたちには必要なのかもしれない。

でも、とニトは不安げな表情だ。

「ポーラさんは、来たくなさそうな雰囲気《ふんいき》でした……」

「きっと大丈夫《だいじょうぶ》さ。ニトがこんなに良い招待状を持ってお願いすれば、ポーラさんは頷くしかない。優しさにつけ込もう」

「一応、教えておくけど、言ってることが最低よ、あなた」

「じゃあシャロルはニトから招待状をもらって断れるわけ？」

「そんな人がいるなら顔を見に行くわ」

シャロルにここまで言わせるのだから、ニトの人たらしとでも呼ぶべき力は特筆すべきものがある。ニトが真っ直ぐお願いする。案外、それが一番良い結果を招くかもしれない。

「――よし、招待状を作ろう」

「……大丈夫でしょうか」

「大丈夫、絶対にいける」

ぼくは断言する。ニトはそれでようやく表情を緩《ゆる》めた。中央に置いたスケッチブックを三人で覗き込んで、まさに作戦会議とでも呼ぶべき状態だ。

「ところで招待状の作り方って知らないんだけど」

「宛名《あてな》とちょっとした挨拶《あいさつ》と、あとは日時や場所などを書くだけですよ。まずはそこを決めないと」

「宛名と挨拶は後にして、日時と場所、それから準備する物ね」

「場所はこの聖堂の前でいいんじゃない？　聖女さまのためのお祭りだし。ファゴさんに聞いたんだけど、準備するのは食事と薪木《たきぎ》と灯花《あかりばな》だってさ。薪木は倉庫にあるかもってことだけど」

「人数は少ないですけど、すぐに用意するのは難しいですよね……」

ニトがむむ、と悩む。シャロルが穏《おだ》やかな顔で、あら、と笑いかけた。

「私の鞄《かばん》のことを忘れたの？　新鮮《しんせん》な食材はたっぷりあるし、薪木も灯花も好きなだけ運んできてあげるわ」

「……さすがシャロえもんだ。頼《たよ》りになる」

「馬鹿《ばか》にしてないわよね？」

「とんでもない」

そうしてぼくらはどうやって祭りをするべきかを話し合った。

ポーラさんが言っていたメルシャン通りの食料庫の物資をもらおうとか、灯花が湖の畔《ほとり》に生えているから摘《つ》みにいこうとか、キャンプファイヤーってどうやって組むのか、とか。

それはなんだか、悪くない時間だった。わくわくした。今までのぼくらの日常にあったのは、ただ何もかもが終わっていくどうしようもない喪失感《そうしつ》だった。両手に掬《すく》い上げた砂が少しずつこぼれていくのを見るようなものだ。こうして何かを企画《きかく》して、誰《だれ》かと一緒《いっしょ》に話し合い、楽しみだと笑い合うのは、両手に新しい砂を注《つ》ぎ足すことだった。

多くのことを決めて、最後に残った問題は、いつやるかだった。この世界ではもう、予定というものがある人はいないだろう。他よりも優先してやるべきことはすべてなくなってしまった。

「――明日が、いいです」

ニトがはっきりと言った。

「なんで明日なの？」

興味本位で訊《き》いてみると、ニトは照れたように笑う。

「だって先延ばしにしたら、楽しみだなって思うより、寂《さび》しいなって思っちゃいそうです。だから、明日がいいんです。そうしたら、この楽しい気持ちのまま、お祭りに参加できるから」

そっか、とぼくは答えた。楽しさと寂しさは背中合わせなものだけれど、この世界では少しばかり、寂しさの方が押す力が強い。ニトがそうしたいというのであれば、ぼくらには反対する理由もない。

「じゃあ、明日やろう」

「提案したわたしが言うのもおかしいですけど、急じゃありませんか……？」

「大丈夫よ。みんな、楽しみには飢《う》えてるわ」

シャロルの言葉に背中を押されて、ニトは笑顔で頷いた。

「では、明日！」

2

すっかり寝入《ねい》ってしまったニトをおんぶしてベッドに運んだ。下ろすときにもシャロルが手伝ってくれる。シャロルが靴《くつ》を脱《ぬ》がし、ぼくがニトに布団《ふとん》をかけた。穏やかな寝息を確認して、ぼくらは部屋を出る。

「ぐっすりね」

「招待状を一生懸命《いっしょうけんめい》描いてたからね、疲《つか》れたんじゃない?」

なんと絵を描くために歩いて劇場まで行ったというのだから驚きだ。どうりで帰りが遅《おそ》かったわけだ。さっきまでその絵に宛名や日時を書き加えていたが、うつらうつらとしたかと思えば、ついに机に突《つ》っ伏《ぷ》して寝てしまったのだった。

ぼくとシャロルは書庫に戻って、机に広げたニトの招待状を眺《なが》めた。人数分がしっかり完成していた。

「……いい子ね」

とシャロルが言った。

「本当にね。驚くくらいだ」

ニトのように誰かの気持ちに寄り添《そ》い、真剣《しんけん》に悩《なや》み、喜んだり悲しんだりできる人を、ぼくは知らない。

「ちゃんと守ってあげて」

「それはもちろん」

「じゃないと私が連れていくわ」

「堂々と誘拐《ゆうかい》宣言しないでくれる？」

くすりと笑うシャロルに、ぼくも笑みを返した。その言葉を言うつもりになったのは、自分でも予想できなかった。つい口に出してしまっていた。

「――よかったら、一緒に来ない？」

シャロルがきょとんとぼくを見返した。

「ほら、ニトもすごく慕《した》ってるし、シャロルが特に行く先もないならさ」

慌《あわ》てて並べた理由は、どうにも自分でも言い訳っぽく聞こえた。

「そうね、それも楽しいかもしれない」

と、シャロルが答えたとき、ぼくは言葉の意味を正しく捉《とら》えざるを得なかった。それは了承《りょうしょう》の意味ではなく、遠回しな辞退の言葉だった。

「あなたたちみたいな関係性って、すごく羨《うらや》ましい」

シャロルは静かに笑い、頬杖《ほおづえ》をついた。斜《なな》めの視線を机に落とす。手近にあった絵の一枚の端《はし》を指でなぞる。

「でも、私もちょっと疲れちゃったから。ひとりでいることにするわ」

「……物語の最後が見つからなかったから？」

「そうね、それもあるわ。でも、それだけじゃなくて」

言いかけて、シャロルはそんな自分に気づいた様子で首を振《ふ》った。

「……何でもない。ごめんなさい」

そこから先を、ぼくは聞きたかった。

シャロルという人がなにを考えていて、どんなことに悩んでいるのかを知りたかった。余計なお節介《せっかい》かもしれないけれど、シャロルがいま抱《かか》えている気持ちに指先だけでも触《ふ》れたいと思った。

けれど強い自制心でもって自分の言葉を塞《せ》き止めたシャロルは、それ以上は言葉を続けず、またいつもの冷たげな表情を取り戻《もど》していた。

「私たちも寝ましょう。明日は朝からお祭りの準備をしなくちゃいけないもの」

何かきっかけが欲しい、と考えたとき、思い浮《う》かんだ光景がひとつだけあった。

「寝る前にぼうっとしに行かない？」

　立ち上がりかけていたシャロルが首を傾《かし》げた。

「……あなたって、いつもそんなに突然《とつぜん》なの？」

「それは褒《ほ》めてる？」

「誰を誘《さそ》うにしたって、ぼうっとしに行こうなんて文句はあまり使わない方がいいわよ」

「と言いながら、じつは興味があるだろ？」

「ええ。そういう下らないこと、わりと好きよ」

「よし、じゃあ行こう」

　立ち上がって、先導する形で部屋を出る。廊下《ろうか》も聖堂も抜《ぬ》けて、月明かりばかりの外にでた。

「さ、その四次元バッグから三輪《トライク》バイクを出して」

「そもそもどこに行くの？」

「ぼうっとするなら湖の上が一番だって、聞いたことない？」

「……初耳ね」

　やれやれとため息をつきながらも、シャロルは三輪バイクを取り出して、さっさとまたがった。魔法《まほう》の鞄の中では時間が止まっているという。ぼくの予想通り、バイクはすでに暖気されている状態で、すぐにも出発できそうだった。

バイクとは言っても、タイヤも車体も車に近いほどの大きさだ。あちこちに剝《む》き出しの配管が絡《から》むようにあって、どうやってまたがるべきか戸惑《とまど》った。おずおずと足をかけてシートに腰掛《こしか》け、目の前にあるシャロルの後ろ姿の近さに、不覚にも緊張《きんちょう》した。

「これ、ぼくはどうしたらいいの？」

摑《つか》まるものがないと不安定で仕方ないのだが、そうできるものが目の前の彼女しか見当たらない。

「シートの下に取っ手があるでしょ。それを握《にぎ》って」

「……ああ、これか」

「私の腰に摑まりたいならそれでもいいけれど」

「取っ手でいいよ取っ手で」

返事がぶっきらぼうになってしまったが、そりゃ仕方ないだろう。ぼくは健全な男子高校生なのだ。だからシャロルに笑われるのも、やっぱり仕方ないのだ。くそう。

「出発するわ」

ゆっくりとした動き始めだけれど、不安定さにビビってしまう。すぐそこは地面だし、落ちれば怪我《けが》をする。車のシートほど気を抜いてはいられない。

広場を出て、坂道を下るときにはちょっとばかし悲鳴を飲み込んだ。ヤカンでは気にもしなかったけれど、地面の凹凸《おうとつ》を越《こ》えるたびお尻《しり》が弾《はず》むのだ。一瞬《いっしゅん》の浮遊《ふゆう》感に襲《おそ》われるたびに、取っ手を強く握りしめなきゃならない。

「大丈夫《だいじょうぶ》?」

いつもより張り上げた声でシャロルが言った。バイクはとにかく音が大きい。尻の下で響《ひび》くエンジンのピストン音も、タイヤが地面を噛《か》む音も、風切り音も、遮《さえぎ》るものがないまま耳に飛び込んでくる。

「ぜんぜん余裕《よゆう》だよ!」

ぼくは叫《さけ》ぶように返事をした。強がりだった。強がらない男の子はいない。痛くないと言うときは痛いし、怖《こわ》くないと言うときは怖いのだ。余裕だよと言うときは、もちろん余裕なんてない。

「だったら遠慮《えんりょ》もいらないわね」

「ひぃっ」

途端《とたん》、身体《からだ》が後ろに引っ張られたみたいにバイクが加速して、ぼくは喉《のど》から高音を発した。これはあくまで喉に空気が流れ込んださいにたまたま高音域が鳴ったというだけで、決して悲鳴ではなかった。

幸運なことに加速はほんの一瞬で、すぐにまた、緩《ゆる》やかな速度に戻った。詰《つ》まっていた息を吐《は》き出して、新鮮《しんせん》な空気を吸った。心臓の鼓動《こどう》が分かるくらい強くなっていた。

シャロルの堪《こら》えきれない笑い声が聞こえてくる。

「……君がいじめっこ気質だってことがよく分かったよ」

「あら、余裕なんじゃなかった？」

「もちろん余裕さ」

「だったらもう一回？」

「すみませんでしたこのままでお願いします」

また笑い声が風に流れてくる。何か言い返せないか、反撃《はんげき》できないかと唇《くちびる》を尖《とが》らせるが、結論は明白だった。ハンドルを握られているうちはどうしようもない。

命のかかったツーリングには心底肝《きも》が冷えた……というのは冗談《じょうだん》で、街灯のひとつもない村や林を走るシャロルの運転はまったく安全なものだった。それでも車よりも速く、モンテさんの家の前の広場までたどり着いたように思う。

モンテさんの家には灯《あか》りがついている。夜はいつも退屈《たいくつ》していると言っていたから、まだ起きているに違《ちが》いない。階段下の桟橋《さんばし》には小舟《こぶね》が係留されているから、家にいるだろう。

扉《とびら》を叩《たた》くと、酒の入ったグラスを持ったモンテさんが出てくる。ぼくと、少し後ろに並ぶシャロルを眺めて、

「駆《か》け落ちかね？」

「酔《よ》ってます？」

「少しだけな。大人の時間にどうしたんだ」

身振《みぶ》りで家の中に招かれたが、ぼくは断った。

「実は舟を貸して欲しくて」

モンテさんは「好きにするといい」とだけ答えて、また奥に戻ってしまった。あまりに話が早くてぼくの方が戸惑うくらいだった。

とにかく使う許可はもらえたので、ぼくらは夜の湖に下りていく。開けた湖にはまっすぐに月明かりが落ちていて、水面の反射も相まって、この辺りだけが浮かび上がるように明るい。

桟橋まで来て近くで見ると、ボートは思ったよりも小さくて、二人が乗ればそれでいっぱいという様相だ。

「……私、舟に乗るのは初めてなんだけど」

「大丈夫。ぼくもだから」

「安心できる要素がひとつもない言葉をありがとう」

係留されたロープを引き寄せ、ぼくが舟のへりを押さえる。シャロルは珍《めずら》しく戸惑った様子で、おずおずと乗り移った。体重を移した瞬間に舟が揺《ゆ》れたが、慌てた様子もなくバランスを取っていた。運動神経がべらぼうに良さそうだ。

今度はシャロルが桟橋に手を掛《か》けてくれる。ロープを解《ほど》いてから、ぼくも慎重《しんちょう》に乗り移った。舟はとにかくゆらゆらと不安定で、すぐさま腰をおろした。

「では出発しよう」

「……水の上って落ち着かないわ」

泣き言のわりに、シャロルの表情はいつもと変わらず落ち着いている。

両側にはオールがついていて、それを漕《こ》ぐことで前に進むようになっていた。片側だけをばしゃばしゃと動かして桟橋から離《はな》れ、オールで水を掻《か》いた。

ぼくとシャロルは向かい合って座っている。進行方向はぼくの背になっているから、少しずつ離れていく岸を見ることになる。

オールを漕ぐというのは想像したよりも大変だった。オール自体が重たいのに、水に入るとさらに手応えがある。体重を乗せて思い切り引いても思ったようには進まない。

「……すごい」

ただ、周り一面の水を楽しげに眺《なが》めているシャロルを前にして、弱音を吐くわけにもいかない。こういうときばかりは、やっぱり男は意地を張るべきだろうから。

繰《く》り返すうちにいくらかコツも摑んで、舟はほとんど湖の真ん中にたどり着いた。月明かりにふわりと輝《かがや》く湖面の上に、ぼくらは舟で浮かんでいる。舟というのは不思議な乗り物だなと感じた。水の上に浮かぶというのは、泳ぐのとはまるきり別の感覚だった。

シャロルは膝《ひざ》を揃《そろ》えて脚を斜めに伸《の》ばし、左手をへりにかけて遠くの岸を眺めていた。口元には小さな笑みが浮かんでいる。

「初めての舟は気に入った？」

「……ええ。悪くないわ。ひとつ欲しいくらい」

「君が言うと冗談に聞こえないんだよな」

なにしろ魔法の鞄《かばん》があるのだ。舟だって気軽に持ち運べる。

ぼくらはそれきり会話もせず、ぼうっとした。

夜の景色は眺めるにも黒塗《くろぬ》りで、月明かりに輪郭《りんかく》を見せる山や木が目立つくらいだ。ちゃぷりちゃぷりと船の腹に水が跳《は》ねる音が聞こえるきりで、寝静《ねしず》まった世界の上に佇《たたず》んでいるみたいな気分になる。

「どうしても忘れられない思い出みたいな夢って、あなたはある？」

やけに唐突《とうとつ》にシャロルが言った。

ぼくはぼんやりと思い返してみた。

「あるね」

「どんな夢？」

「誕生日会かな」

「誕生日会？」

ぼくは膝のうえに頬杖《ほおづえ》をついたまま、岸に見えるモンテさんの家明かりを眺めている。

「子どものころ友達の家に招待されたことがあって。その友達の誕生日を、家族だけじゃなくて、何人もの友達で集まってお祝いするんだ。テーブルには大きなケーキ、たくさんのご馳走《ちそう》、みんなで三角に尖った帽子《ぼうし》をかぶってさ。お祝いの歌を歌って、拍手《はくしゅ》をして……それがとてつもなく羨《うらや》ましかった」

「あなたはしたことがないの？」

「うちの両親はほとんど家を空けてたから、頼《たの》んだこともなかった。そうでなくても和気《わき》藹々《あいあい》って感じじゃなかったから、誕生日会をしてもきっと楽しくなかったろうな」

誕生日会で、ぼくは自分の家族とは違う家族の形が存在することに気づいた。家に帰れば親がいて、ご飯を作ってくれて、誕生日にはお祝いをする。むしろそういう家の方が当たり前だということに、羨望《せんぼう》を抱《いだ》くことになった。

今でも思うのは、あのとき、誕生日会に行かないほうが良かったんだろうな、ということだ。知らなければ、羨むこともなかった。

「……君の思い出は？」

シャロルはあの魔法の鞄に手をさしこみ、一冊の本を引っ張り出した。革《かわ》張りの表紙はすっかり色あせて、何度も触《さわ》ったことで滑《なめ》らかな光沢《こうたく》を見せている。

「私は、これに夢中になったわ」

「ずっと探してたっていうやつだよね」

「そう。ネズミの騎士《きし》と人間のお姫《ひめ》さまがね、この世界にある本当に美しいものを探してあちこちを旅するお話。……子どもっぽいって笑ってもいいのよ」

ぼくは首を横に振《ふ》った。

「素敵な物語だ。やっぱりお姫さまになりたかった？」

シャロルは大事な秘密を話すときみたいに抑《おさ》えた声で言う。

「子どものころの私はもっとお転婆《てんば》だったの」

「なら騎士になりたかったわけだ」

「そ。小さなネズミの騎士が大きな魔物《まもの》をやっつけたり、悪人を捕《つか》まえたりするの。小さな魔法の剣《けん》と、大きな想像力を使って。父が木を削《けず》って剣を作ってくれて、それを夢中で振り回してたわ。敵役には困らなかったの。父も兄も見上げるくらい大きかったから」

「どうりでぼくより頼《たよ》りになると思った」

「厳しい訓練を積んだ騎士だもの」

くすりと笑って、シャロルは本の表紙をそっと撫《な》でた。

「……何度も読んでもらったし、何度も読んだ。でも、結末がどうなったか分からないままだった。だからずっと、このお話が頭から離れないの。最後はどうなったんだろう、目指す場所に行けたのかなって。最後を知らないと、私の中のふたりの旅は終わらないままだもの」

「……じゃあ、探さなきゃね」

けれどやっぱり、シャロルは首を横に振る。

「ないのよ」

「それはモンテさんがそう言っただけだろ？　モンテさんだって、この世の全部の本を読んだわけじゃあるまいし」

「違うの」

シャロルは顔をあげた。すっかり気の抜《ぬ》けた笑みを浮《う》かべていた。しょうがない、と諦《あきら》めた人がいつもそうするように。

「――この物語は、あの人が書いたものだったの」

頭の中でよく嚙《か》み砕《くだ》いて、理解はした。そうか、と頷《うなず》いて、頰《ほお》を搔く。書いた本人が言うのであれば、それ以上の答えはない。誰《だれ》でも分かる当然のことだ。作者が作っていないなら、そりゃこの世のどこにも存在するわけがない。

「……でもそんな偶然《ぐうぜん》ってある？　そんな、たまたま来た村に作者が住んでるって」

「私は、もしかしてと思って来たの。この本は私の父が昔、仕事で立ち寄った村で貰《もら》ったものだって言っていたから。それがどこかが分からなかった。でも、届け屋が立ち寄った場所は地図帳に書き込まれているから」

「……もしかして、地図を頼りに虱潰《しらみつぶ》しに探してたの？」

「ええ。仕事の合間にね。世界がこうなってからは捗《はかど》ったわ。そしてついに、ここで見つけた。本をくれた人が作者本人だったこと、その人がまだ生きていてくれたことは、幸運だったわね」

「だからあの地図帳が必要なくなったわけか」

シャロルはずっと夢見ていた答えを見つけ出したのだ。それが自分の期待するものではなかった。落胆《らくたん》、喪失《そうしつ》……あるいは、安堵《あんど》かもしれない。

「……あのさ、そもそもなんだけど」とぼくは切り出した。「なんでその本にこだわってたの？　他にも本はいろいろあったんじゃない？」

「私、本当の両親を知らないの」

「さらっとヘビーなこと言うのやめてもらっていい？　心の準備ができてないよこっちは」

思わず頭を抱《かか》えるぼくを、シャロルは楽しげに笑った。

「大丈夫《だいじょうぶ》よ。本当の両親よりも愛情たっぷりに育ててくれたし、兄弟とも仲良く喧嘩《けんか》してたから。でもやっぱり、自分はどこから来たんだろうって思うこともあったの。この物語のネズミの騎士も自分の生まれた場所を探しているから、まるで私のことみたいに思えたのよ。物語の中くらい、自分にできない夢を叶《かな》えてほしいものでしょう？　ああ良かった、これでゆっくり眠《ねむ》れるって、笑って本を閉じたいもの」

あーあ、と声を漏《も》らして、シャロルは後ろに手をついて身体《からだ》をのけ反らせるように夜空を仰《あお》いだ。真っ白な首筋に浮かぶかすかな陰影《いんえい》を月明かりが照らした。

「物語の最後はなかったし、届け屋は私の代でおしまいだし、恋《こい》もしてないし。このまま明日が来なければいいのにって思っちゃうわね」

その口ぶりは今までのシャロルの印象とは少し違《ちが》った。幼げだ、と考えて、すぐに改めた。シャロルの年齢《ねんれい》を考えれば、歳相応と言うべきなのかもしれない。

「明日には来てもらわないと困るよ。ニトが灯花祭を楽しみにしてるんだ」

「そうね、ニトちゃんを悲しませるのはよくないわ」

　後ろに体重を寄せたまま顔だけを戻《もど》して、シャロルは小首をかしげた。

「あなたの世界は、良いところ？」

「変な質問だな」

「良いところだったら大変でしょう、あなた。こんな世界に迷い込んで。なにもすることもないし、物事は終わっていくだけ。希望もなにもないわ」

　はっきりとした口ぶりの中に落胆や怒《いか》りみたいな強い感情はちっともない。彼女はただ事実としてそれを受け入れ、当たり前のこととして話している。それはこの世界の人たちがすべからく持つべき変化してしまった世界で生きるための条件なのだろう。

「それなりに楽しくやってるよ、今は」

「ニトちゃんがいるから？」

　ぼくは肩《かた》をすくめて返事の代わりにした。

　シャロルは微笑《ほほえ》んだ。視線を外し、水面に散らばる月明かりを探した。

　その横顔をぼくはぼうっと見つめた。すっと伸びる長い睫毛《まつげ》がかすかに震《ふる》えている。この瞬間《しゅんかん》の思い出を、ぼくはいつまで鮮明《せんめい》に思い出せるだろう。シャロルと交わした会話さえ、いつかは白い結晶《けっしょう》となって、なかったことにされてしまうのだろうか。

ぼくらは向かい合って座って、けれど視線を合わすこともないまま、ただ、ぼうっとした。答えも出ないし、有意義なことも考えない。そうする時間が、たしかに必要なのだろうと思う。

それでも時間制のレンタルボートでなくたって帰りどきというのは分かるものだ。ぼくはオールを取って、舟《ふね》を転回させて岸まで漕《こ》いだ。シャロルも何も言わなかった。

どんなに良い時間でも終わりがあって、それを受け入れてしまう物わかりの良さを、ぼくらはいつの間にか身につけてしまう。名残惜《なごりお》しさは感じても、抗《あらが》うこともしない。いつまでも漂《ただよ》っていることはできず、最後には現実に戻るのだ。

舟を桟橋《さんばし》に寄せ、ぼくが先に降りて係留する。降りるために腰《こし》を上げたシャロルに、ぼくは訊いた。

「楽しかった？」

「……ええ。実はちょっとだけ憧《あこが》れていたの。こんな物語みたいな経験に」

「相手がぼくで申し訳ないな」

手を差し出すと、シャロルは僕の手をじっと見つめて、小さな笑みを浮かべて取った。ひんやりとした、細くて柔《やわ》らかな手だ。シャロルは身軽に桟橋に飛び移った。

「あなた、変わってるわね。本当に変よ」

「仕方ないよ、異世界人だからね」

「異世界人ってあなたみたいな人ばっかりなの？」

「どうかな。ぼくより変な人もいると思うけど」

「……出会えたのがあなたでよかったわ。ちょっとだけ素敵よ」

「ちょっとだけ？」

「ええ、ちょっとだけ」

楽しげなシャロルに、ぼくもまた笑い返した。ちょっとだけでも、まあ、いいだろう。文句はないさ。笑顔になってくれるのであれば。

帰り際《ぎわ》にモンテさんに短い挨拶《あいさつ》をして、ぼくらはバイクに跨《また》がった。彼にも、シャロルにも、きっと話すべきことはあったけれど、それは今じゃないだろう。ちょっとだけ素敵な夜のまま、ぼくらは眠りにつくべきなのだ。希望は明日に託《たく》すことにして。

3

朝一番に起きたのは、もちろんニトだった。彼女だけは睡眠《すいみん》時間もばっちりだ。明るい声に起こされたぼくは朝日に顔を歪《ゆが》めて枕《まくら》を引っ被《かぶ》った。

「ケースケ、起きてください。今日は忙《いそが》しいんですよ！」

「……やっぱりお祭りは明日にしよう。そうすれば今日もわくわくして過ごせるから」

「寝坊《ねぼう》したいだけでしょう。それだけ口が動くなら起きれます。ほらっ」

無理やり枕をひっぺがされて、ぼくは掘《ほ》り返されたアサリの気分を味わった。ニトの決意と元気は固く、どうやっても寝かせてはくれないようだ。気合で身体《からだ》を起こして、あくびで溢《あふ》れた涙《なみだ》を拭《ぬぐ》った。

ニトに背中を押されて聖堂まで行くと、なんとシャロルはもう身支度《みじたく》も終えて長椅子《いす》に座っている。

朝のさっぱりとした空気の中では昨日の思い出が少し小《こ》っ恥《ぱ》ずかしい。改まった態度をとるべきか、昨日の延長のままに親しみを出していいのか、ぼくにはちょっと分からない。

「寝癖《ねぐせ》、すごいわよ」

シャロルはまったく気にしていないらしい。いつもの表情で、いつもの声音《こわね》で、ぼくの髪《かみ》の毛を見上げている。

「……昔から癖っ毛なんだ」髪に手を伸《の》ばして手櫛《てぐし》で整える。「これで直った？」

「野生の男って感じで素敵ね。でも人前には出ない方がいいかも」

「そんなに褒《ほ》めてもらったのは初めてだよ。ありがとう。さっさと水を浴びてくる」

やけに鋭《するど》い視線を感じた。ニトがわずかに眉《まゆ》をひそめながらぼくをじいっと見ている。

「……どうしたの？」

「なんだか、昨日より仲がいい気がします」

ニトの勘《かん》の鋭さときたらなかった。背筋がぞわっとするくらいだ。

とっさに何もないよと答えようとして、そう答えるのもおかしい気がした。べつに悪いことをしたわけではないから嘘《うそ》をつく必要はないはずだ。かと言って正直に話すにしても、ちょっとばかし具合が悪い思いもある。

いや、でもな、隠《かく》すのもおかしいしな、と話しだそうとしたとき、扉《とびら》が開いてファゴさんがやって来た。途端《とたん》にニトは「あっ」と声をあげて、慌《あわ》てて部屋に向かって駆《か》け出した。

「なんだってんだい、あの子は」

顔を見て逃《に》げ出したようにも思える反応には、さすがのファゴさんもいくらか戸惑《とまど》っている。

「すぐに分かると思いますから、気にしないでください」

とぼくが苦笑して間もなく、ニトが駆け足で戻ってきた。もちろん招待状を携《たずさ》えて。

そのままファゴさんの前に立つと、ニトは招待状を差し出した。

「ファゴさん、これ、受け取ってくれますかっ」

「朝っぱらからなんだい」

招待状を覗《のぞ》き込んで、内容を確かめて、ファゴさんは笑った。それは今までいちばん優しい表情だった。

「こりゃあいい絵だねえ。あんたが描《か》いたのかい？」

ニトは何度も頷いた。

ファゴさんにあてた招待状にはこの聖堂の絵が描かれていた。毎朝のように通うファゴさんに贈《おく》るにはこれがぴったりだろう。

「こんなに洒落《しゃれ》たものをもらうのは初めてだよ。ありがとうね」

柔らかい声音で言って、ファゴさんは招待状を受け取った。

「あの、参加、してくれますか？」

「もちろん参加するに決まってるじゃないか。たいしたものはできないけど、料理を作って持っていくからね」

ニトは笑顔でぶんぶんと頷《うなず》いた。

ファゴさんが断ることはないと思っていたけれど、ぼくもちょっとばかし緊張《きんちょう》していた。

ニトが一生懸命《いっしょうけんめい》に招待状をこしらえるのを見ていたのだ。もし受け取ってもらえなかったときのニトの気持ちを想像してしまうと心が痛む。

それはシャロルも同じようで、ぼくらは視線をかわして小さく笑い合った。

この調子で次の招待状を渡《わた》しにいきたいところだったけれど、ぼくらにも毎朝の日課がある。ファゴさんと一緒《いっしょ》に聖堂の掃除《そうじ》だ。泊《と》まらせてもらっているお礼と、今日一日がうまくいきますようにと願いをこめて、念入りに磨《みが》くことにしよう。

4

劇場の前にはポーラさんの車が昨日と同じようにこちらに背を向けて停まっていた。昨日は何とも思わなかったけれど、車がこちらに背を向けているということはポーラさんはぼくらと同じ方向から戻ってきたのだ。つまり、聖堂に通うファゴさんをひと目見るために出かけた帰りなのだと分かる。

後ろに並べるようにヤカンを停めて、ぼくらは劇場に入った。今日はぼくとニトだけでなく、シャロルも同乗してきた。招待状を渡すところを見守るためだけ、ではもちろんない。魔法《まほう》の鞄《かばん》で必要なものを運んでもらう大役がある。

ちょうど入ってすぐ、ふたりの姿があった。どうやら掃除をしていたらしく、ポーラさんは口元と髪にハンカチを巻いて箒《ほうき》を手にしていた。ジルさんはホールの二階で窓を開けているところだった。

「あら！　三人揃《そろ》ってるなんてどうしたの？」

相変わらずの華《はな》やかなドレスの裾《すそ》を引きながらポーラさんが近づいてくる。ジルも駆け足で階段を降りてくる。そのとき視線が合って、ジルさんはわずかに首を傾《かし》げた。ぼくは頷きを返した。

今回はジルさんの協力がないと招待状は受け取ってもらえないだろうと分かっていた。問題なのは事前に打ち合わせをすることができなかったことだろうか。うまく察してくれることを期待するしかない。

シャロルがニトの背中に手を添《そ》えた。それに勇気をもらったみたいに、ニトは一歩前に出る。大きなポーラさんを見上げて、招待状を斜《なな》め上に差し出した。

「ポーラさん、これを受け取っていただけませんかっ」

「あたしに贈り物？　やだ、ニトちゃんってば女たらしの才能があるのね」

冗談《じょうだん》めかして受け取って、ポーラさんは目を落とす。そこに描かれているのは、ファゴさんの靴工房《くつこうぼう》の絵だった。つまり、ポーラさんの実家だ。その絵の意味するところを、ニトがこめた想いを、彼女が理解できないわけはない。本当に、ニトのまっすぐな気持ちをこめた絵だった。

ぼくはわずかな希望でポーラさんの返事を待っていた。ニトは不安げに見上げている。ぼくはニトよりもいくらか冷静にことを見守っている。

「――とっても嬉《うれ》しいわ、ニトちゃん。絵もお誘《さそ》いも、すごく素敵よ」ポーラさんがしゃがんでニトと目線を合わせた。「でも、やっぱり」

「そうそう、ジルさんにも持って来たんですよ」

ちょうどそのタイミングで、ぼくはわざとらしく声をあげた。少し前にポーラさんの斜め後ろにやって来ていたジルさんは、跳《は》ね上がるほど驚《おどろ》いた顔をした。

「ね、ニト。ジルさんにも渡そうよ」

「え、あ、えと」

「待ってるよ、ほら」

シャロルに次いで、今度はぼくがニトの背を押した。

ニトのまっすぐな気持ちはすごくいいものだ。悩《なや》んでばかりの大人にとっては眩《まぶ》しいくらいに。けれど、それでもすぐには頷けないときもある。ちょっとだけ回りくどいやり方を挟《はさ》む方が良いこともあるだろう。

ジルさんが落ち着きなく視線を彷徨《さまよ》わせた。確認するようにぼくを見てくる。ポーラさんに不審がられないように、ぼくはまっすぐに見つめ返すだけだった。

「あの、ジルさん」とニトが呼びかける。「これ、今夜の灯花祭の招待状ですっ」

「……あ、ありがとうございます。でも、私」

差し出された招待状を、ジルさんはすぐには受け取らなかった。ぱたぱたと手を迷わせて、ニトや、ポーラさんや、ぼくを順繰りに見る。

ジルさんにはどうしても来てもらいたかった。ポーラさんとファゴさんのためにも、ぼくの小さな思いつきのためにも。

ジルさんにとって、この招待状は寝耳に水の驚きなのは間違《まちが》いない。人前に出ることに慣れのない彼女にとって、祭りに参加することに前向きになるのは難しいはずだ。

現に、ポーラさんのように受け取ってもくれず、対処に困ったという表情だ。

できれば今すぐに裏に引っ張って行って作戦を伝えたかった。だが、ポーラさんに気づかれてしまえば、彼女は絶対に祭りに近づいてもくれないだろう。

ここはやるしかない、とぼくは思った。

できれば封印《ふういん》しておきたかった。けれどこの状況《じょうきょう》で、わずかな自分のプライドを優先するつもりはない。

ジルさんがぼくの顔をうかがったとき、実行した。

――ばちこん。

「……っ⁉」

ポーラさんの見様見真似のウインクである。女性に向けて、真剣《しんけん》にウインクをする日がくるとは思いもしなかった。うまくできたかどうかは関係ない。ジルさんにぼくから合図が伝わったかどうかだけが重要で、それはうまくいった。ジルさんが怯《おび》えた様子に思えたのは、気のせいということにしておこう。

「……わ、わかり、ました。参加させてもらいます……っ」

「本当ですか⁉」

おずおずと招待状を受け取るジルさんと、ニトの喜ぶ声。ぼくは深い傷を負ったが、目的は果たせた。

目を丸くしたのはポーラさんである。ジルさんのことをよく知る彼女はそこに驚きと違《い》和《わ》感を見ていると思うが、まさかぼくらが画策しているとは予想もつかないはずだ。

「あ、すごい」

招待状を見下ろして、ジルさんが呟《つぶや》いた。

ニトがジルさんのために描いたのはこの劇場の外観だった。ふたりが初めて出会った場所であり、ジルさんの歌声にニトが感動したことによる突撃《とつげき》からの友達申請《しんせい》をした思い出深い場所だからだろう。

「……あの、ポーラさんも、ぜひお願いします」

ニトがポーラさんに向き直る。タイミングといい、健気《けなげ》な瞳《ひとみ》といい、その効力は絶大だった。ジルさんが頷いたことも一因だろう。

ポーラさんはしゃがんだまま、手に持った招待状を見下ろした。彼女はしばらく黙《だま》っていた。ぼくらも急《せ》かしはせず、その決断を待っていた。

「あたしが行ったら、台無しにしちゃうかもしれないわ。大声で泣いて逃げ帰っちゃうかも」

ファゴさんとの関係を心配してのことだろうと思う。けれどそんなことには、きっとならない。ファゴさんはそんな風には思っていない。ただ、なにか、些細《ささい》なきっかけや背中を押す手が必要だというだけだ。

ぼくがそれを伝えようとしたとき、手を引いて止められた。シャロルが首を横に振《ふ》る。

その間に、ニトがポーラさんに笑いかけた。

「――泣いたって大丈夫《だいじょうぶ》です。わたしたちが付いてますっ！」

ポーラさんはぽかんと口をあけた。それから肩《かた》を揺《ゆ》らして、ついには愉快《ゆかい》そうに笑った。

そんなことを言われたら、そりゃ笑うしかないだろう。ぼくだって力が抜《ぬ》けて自然と笑みがこぼれた。

ニトの言葉にはまるっきり理屈《りくつ》が抜けていた。なにがどう大丈夫なのか、ちっとも分からない。だからこそ、素直に受け取ることができる。ニトが言うなら、確かにそうかもしれないな、と。そうした素直さはぼくらがいつの間にか手放してしまったもので、眩しいほどのニトの言葉に勇気をもらえるのだ。

ポーラさんは目尻《めじり》に浮《う》かんだ涙《なみだ》を指先で拭《ぬぐ》いとると、ニトにぺこりと頭を下げた。

「じゃあ、頼《たよ》りにさせてもらうわ。ニトちゃんにここまで言われたら、断るわけにはいかないもの」

そのときのニトの満面の笑みを、ぼくはちょっと忘れられない。胸の前でガッツポーズをして、ニトはぼくとシャロルに振り返って、「やりました！」と歓声《かんせい》をあげた。

これならモンテさんだってきっと頷いてくれるだろうと、そう思えた。

5

「すまないが断るよ」

ぜんぜんそんな甘い話はなかった。

村の夕景を描《えが》いた招待状に褒《ほ》め言葉は貰《もら》えたけれど、それとこれとは話がべつである。

「……だめ、ですか？」

「すまないな。そういう集まりには興味がない」

横に座るニトはしゅんと肩を落とした。ポーラさんには効果があっても、モンテさん相手ではやっぱり分が悪い。ただお願いしますと頭を下げても、モンテさんは頷かないだろう。

ニトの隣《となり》に座るシャロルと目が合った。さっきは止められたので一応、確認してみると、どうぞご自由にとばかりに手で促《うなが》される。

「モンテさん——素晴らしい歌声に、興味ありません？」

「ほう」

少しだけ面白《おもしろ》がる声が返ってきた。

「聞き惚《ほ》れるくらいの歌声なんですよ。世界がこうならなきゃ、誰《だれ》にも気付かれなかったはずの才能なんです」

不謹慎《きんしん》ともとれるぎりぎりの言い回しだけれど、事実でもある。世界が滅《ほろ》びたことで、ジルさんはこの劇場にやってきた。人がいなくなったから、少しだけ歌えるようになった。

誰にも知られていない才能。世界が滅びたから見つけられた歌声。そういう言い回しはともすれば陳腐《ちんぷ》なだけだ。けれどそれは、いつの時代も人の心を掻《か》き立てるから使い古されたのだ。

モンテさんは鼻を鳴らした。

「好奇心《こうきしん》を刺激《しげき》しようというわけか」

「夜はいつも退屈《たいくつ》しているんでしょう？　今夜ばかりはそうなりませんよ。保証します」

黒い瞳の印象的なモルモット顔に浮かぶ表情は、ぼくには分からなかった。唾《つば》を飲みこむのもためらう沈黙《ちんもく》だった。モンテさんはぴょんと伸《の》びた髭《ひげ》を撫《な》でた。

「君には詐欺師《さぎし》の才能がありそうだな。些細な会話から弱みを見抜き、人の心を誘導《ゆうどう》するのが上手《うま》い」

「……褒め言葉ですよね？」

「受け取り方はそれぞれだ。その歌声とやらを楽しみにお邪魔《じゃま》させてもらうよ、お嬢《じょう》さん」

テーブルに置かれた招待状を引き寄せてモンテさんが言った。ぼくは胸を撫で下ろし、ニトはぼくの太腿《ふともも》をぱしぱしと叩《たた》いて労《ねぎら》ってくれた。

これでとりあえず、全員を灯花祭に招くという難関は突破したわけだ。

ここにはもうひとつ用事があった。湖の畔《ほとり》に咲《さ》くという灯花を集めなければならない。

灯花祭のメインとも言える、光って浮かぶ不可思議な花だ。

モンテさんに訊《き》くと、どうやらこの家の裏手の斜面《しゃめん》にも群生しているらしい。ぼくらは連れ立って家を出た。少し歩いたところで、ぼくは「ちょっと忘れ物が」と言った。あまりにわざとらしいのは自分で分かるけれど、他に良い方法も思いつかなかった。

ニトもシャロルも存分に訝《いぶか》しんでくれたけれど、深くは訊かないでいてくれた。たぶん、あまりにぼくの言い訳が苦しかったものだから、配慮《はいりょ》してくれたのだと思う。そういうところであの二人はめちゃめちゃ大人なのだ。

花集めに向かう背中を見送って、ぼくはひとり、モンテさんの家に戻《もど》った。モンテさんはソファに座って本に目を落としていた。長い鼻の上には小さな丸メガネがちょこんと載っている。

「まさか、忘れ物をしたなんて言って戻って来たんじゃなかろうね？」

窓から聞こえていたんじゃないかってほどの鋭《するど》さだった。ぼくは大袈裟《おおげさ》に笑ってみせた。

「そんなわけないじゃないですか、いやだな」

「目は衰《おとろ》えたが耳はいいんだ。君の声はよく聞こえた。詐欺師の才能があると言ったのは撤回《てっかい》だな」

本当に聞こえてたんじゃねえか。

つっこみたい衝動《しょうどう》をなんとか堪《こら》えて、ぼくはソファに座り直した。モンテさんは変わらず、本に目を落としている。向き合っていないことはぼくの口を軽くさせたし、余計な前置きを省くのにもちょうど良かった。

「……シャロルから話を聞きました。あなたが物語を書いたって」

「ああ、そうだ。ずいぶんと古い話になる」

「単刀直入に訊きます——本当に、続きはないんですか？」

「シャロルというあの少女に、私は親しみがない。親切に対応する義理もないし、誠実な答えを用意する義務もない」

肯定《こうてい》でも否定でもなかった。モンテさんは眼鏡を外し、開いたページの上に置いた。

「だが君とは多少、馴染《なじ》みがある。ひとつ訊くが、どうして君まで物語の終わりを気にかける？」

どうして、と訊かれると、返事に少し時間が要《い》った。

「……内容が気になるというわけではなくて。シャロルが大事に思っていて、でも失ってしまったと考えているものが本当にどうしようもないのかが、気になるんです」

「親しい者のために助けになりたいと思う気持ちは貴《とうと》い。だが、私がそれに協力する義理はないだろう？　他者に善意を施《ほどこ》して満足に浸《ひた》る趣味《しゅみ》もない」

はっきりとしていてモンテさんらしい考えは清々《すがすが》しいくらいだった。

モンテさんはまた眼鏡を取って鼻にかけようとした。

「モンテさんにとっても、大事なものなんですね。その物語は」

眼鏡を持ち上げたままの体勢で、黒い瞳がぼくを見る。

「小説家っていう仕事がどういうものか、ぼくはよく知りません。だから間違っていたり、偉《えら》そうに聞こえたら申し訳ないです」

異世界に来て、ぼくは勇者になったわけでも、魔術師《まじゅつし》になったわけでもない。特別な存在でも何でもないし、そもそも世界は滅びかけているし、できることは何もないし。

それでも変わったことがひとつあるとするなら、自分の気持ちを誰かに伝える意味に気づいたことだ。

それはとても難しい。だからこそ、意味がある。自分が気持ちを伝えるから相手も気持ちを教え返してくれる。それがきっと、人と人の繋《つな》がりを生む。

「モンテさんにとっては、ずっと昔に書いた紙の束でしかないかもしれません。でも、シャロルはその物語に夢中になったんです。ネズミの騎士《きし》を自分のことのように思っていたんです。何年経《た》っても大事に本を抱《かか》えて、心の中に大切にしてたんです。世界が滅んでも、自分に残された命の時間を削《けず》って、その結末を探し続けるくらい」

自分の気持ちを声にして吐《は》き出すときは、いつもたまらなく不安になる。どう伝わるのか、自分がどう思われるのか、もしかしたら拒絶《きょぜつ》されるかもしれない、何の意味もないかもしれない。伝えたい言葉はいつだってむき出しの心から生まれるものだからだ。

「あなたの作った物語を、あなたよりも大切にしている人がいたら、そんな人を相手に親しみがないなんて言えますか？　そんな人たちこそが、あなたを小説家にしているんじゃないんですか？」

耳が熱かった。頭にも顔にも血が上っていた。正しいのか間違《まちが》っているのか、ぼくには分からない。ただ何か一つでも伝わってほしい。そうであってほしいと願うしかなかった。

「あなたには、シャロルに誠実な答えを用意する義務があるはずです。あなたが生んだ物語に、めちゃめちゃに惹《ひ》かれたんです。だから、ちゃんと責任を取ってください。あなたがまだ小説家でいるというなら、物語の最後まで見せてあげてください」

モンテさんはただ本を閉じて、その表紙の上に眼鏡を置いた。

「――君は、私があの物語の結末を大事にしまっているとでも思っているのかね？」

「どっちでもいいです」

モンテさんはきょとんとした表情をした。

「しまってあるならそれをください。もしそうでないなら、書いてください。だって、小説家なんでしょう？」

モンテさんは小さな手を口に当てた。漏《も》れて来たのは、笑い声だった。断続的に、喉《のど》を鳴らすみたいに、笑っていた。それは長い時間のように思えたが、やがて大きく息を吸ったかと思うと、細く吐き出した。

「今のような素直な言葉には、長らく触《ふ》れていなかったな」

「……素直ですかね？」

「これ以上ないほどに。そうだな、君の言い分は理解した。考えておこう」

それはつまりどういうことですか、と訊きたい気持ちを我慢《がまん》した。モンテさんが言うのであれば、それは考えてくれるということなのだ。

一晩中考えていた言葉を、ぼくはすっかり吐き出してしまった。これ以上は何も言えず、できることもなかった。精一杯《せいいっぱい》は尽《つ》くしたけれど、それがどんな結果になるのかはわからないままだ。ぼくは頭を下げて席を立った。

家の外で深々とため息をついた。今になって自分の言動を振《ふ》り返ると、達成感よりも気《き》恥《は》ずかしさの方が強い。背中にも脇《わき》にも汗《あせ》をびっしょりとかいていた。

「ケースケ！」

名前を呼ばれて振り返る。ニトとシャロルが戻ってくるところだった。ニトが駆《か》け寄ってきて、頰《ほお》を膨《ふく》らませてぼくを見上げた。

「どうして来てくれなかったんですかっ。すごく綺麗《きれい》な景色だったんですよ、白いお花が一面に咲いていたんです！」

「ちょっとモンテさんと話が盛り上がっちゃって。それが灯花？」

ニトは手に白い花冠《はなかんむり》を持っていた。顔の前に持ち上げて見せてくれる。

「はいっ。シャロルさんに教えてもらいながら作ったんですよ」

「とても初めてとは思えないな。ニトには花を編み込む才能もあるね」

「そうでしょう。わたしも自分で驚《おどろ》いています」

自慢《じまん》げに胸を張るニトに、まったく気が抜《ぬ》けるほどの微笑《ほほえ》ましさを覚えた。遅《おく》れてやってきたシャロルも口元に笑みを浮《う》かべている。

ニトはふと花冠を見つめると、それをぼくに差し出した。

「自慢の一品なので、ケースケにあげます」

「それは光栄だな」

しゃがむと、ニトは両手をちょいと伸ばし、ぼくの頭に冠を載《の》せた。

「どう？　似合う？」

「……うーん、やっぱり返してもらっていいですか？」

「おい」

「冗談《じょうだん》です」

ニトの笑い声が響《ひび》いた。その底抜けに明るい笑顔に、気づけばぼくもシャロルも笑っていた。

第六幕「スカーレットが絶えないように」

1

「今さらではあるんだけど、やりすぎたんじゃないかしら」

「実はぼくもそう思ってた」

聖堂前の広場の中央に積み上げた薪木《たきぎ》をぼくらは並んで見上げている。それは聖堂の裏にある倉庫に保管されていたものだった。小さく割った家庭用の薪木とは違《ちが》って、皮を剝《は》いだ丸太を四分割にした太いものである。灯花祭《とうかさい》で使っていたのだろう。シャロルが獣人《じゅうじん》で力持ちとはいえ、二人で抱《かか》えるのも一苦労だった。

「あなたの言うキャンプファイヤーって、こういうものなの？」

「さあ……やったことはないんだよね」

「それでよく言いだしたわね」

「男の子の憧《あこが》れなんだ」

薪木を四角形になるように積み重ねて、中には細かい小枝や薪木を入れてある。蒸気自動車の燃料である魔鉱石《まこうせき》も詰めてあるから、よく燃えるのは間違いないと思うのだけれど。

「ケースケ、これくらいの厚さでいいですか？」

「ばっちし」

同じく倉庫から引っ張り出した長机の上で、ニトは野菜を切っている。周りには金属の箱に足がついたバーベキュー台を三つ並べていた。傍《かたわ》らにはシャロルが提供してくれた新鮮《しんせん》な肉や野菜と、今日の日中にポーラさんに教えてもらった食料庫から運んだ保存食が山積みになっている。

祭りの準備は滞《とどこお》りなく終わっていて、あとはみんなが集まるのを待つばかりだった。

腕《うで》時計を確認する。招待状の予定時刻が迫《せま》っている。空には茜《あかね》と深青《しんせい》が両端《りょうたん》にあって、中央では澄《す》んだ紫《むらさき》を見せていた。

最初に広場にやって来たのはファゴさんだった。手に持った盆《ぼん》の上に何かを山盛りにしている。手伝うために駆《か》け寄ると甘い香《かお》りがした。

「なんです、これ。いい匂《にお》いがしますけど」

「スコーンだよ。くるみやドライフルーツなんかを練り込んでいてね。祭りには欠かせないのさ」

黄色い生地は膨《ふく》らんでいて、見るからに柔《やわ》らかそうだった。蒸しパンの郷土料理みたいなものだろうか。お盆を受け取ると、焼き立てらしい熱気がふわりと浮き立っている。思わず摘《つま》み食いしてしまいそうな魅力《みりょく》がたっぷりだった。よだれをこらえて長机のひとつに置いておく。

ファゴさんはぼくらが組んだキャンプファイヤーを見て、「あんたは聖堂を燃やすつもりかい」と呆《あき》れた顔をした。やっぱり大きすぎたらしい。

ファゴさんに言い訳をしているうちに、モンテさんが坂をのぼって来た。予想外にも自転車を押している。目を丸くするぼくに、モンテさんは自転車のサドルをぽんぽんと叩《たた》いて見せた。

「車より安全だし、停まるのも容易だ。いい乗り物だよ。上り坂さえなければ」

自転車を停めると、荷台に括《くく》りつけた木箱の蓋《ふた》を開け、大きなマスのような魚を取り出した。

「さきほど釣《つ》ったものだ。好きに使ってくれたまえ」

「うわ、すごいな、ありがとうございます。……もしかして、ちょっと楽しみにしてくれてました？」

魚は見るからに新鮮で、釣りたてに違いなかった。わざわざ湖に舟《ふね》を出してくれたのだ。

気合の入った手土産《みやげ》である。

モンテさんは髭《ひげ》をぴんと撫《な》でると鼻を動かした。

「ただの礼儀《れいぎ》の問題だ。楽しみかどうかは関係がない」

「はん、歳をとってますます性格が捻《ひね》くれたみたいだね」

ファゴさんがやって来て口を挟《はさ》んだ。

「おや、干からびた野菜かと思ったな。しぶとく生きるのはいいが、人間は老化が激しくて辛《つら》いだろう？」

「毛むくじゃらの掃除《そうじ》モップになるよりはマシさ」

急に始まった辛辣《しんらつ》な舌戦に、ぼくはそっと身を引いた。遠慮《えんりょ》のない言い合いには喧嘩《けんか》するほど何とやらの雰囲気《ふんいき》が漂《ただよ》っているが、それに巻き込まれることだけは勘弁《かんべん》してもらいたい。

受け取った魚をまな板に載せて長机に並べると、ニトが野菜を切る手を止めて、きらきらした瞳《ひとみ》で見つめている。新鮮な魚を食べられる機会なんてそうそうあるものじゃない。今にもよだれをたらしそうなニトの気持ちはよく分かるのだが、できれば調理済みの料理にその視線を向けて欲しい。

こんなに大きいなら、やっぱり丸焼きかな。野菜と一緒《いっしょ》にちゃんちゃん焼きも良さそうだが、いかんせん味噌《みそ》がない。と考え込んでいたら、シャロルに肘《ひじ》をつつかれる。

「分かってるよ、刺身《さしみ》はだめなんだろ」

「なにも言ってないわ。揃《そろ》ったみたいよ」

指差す方を見れば、ポーラさんとジルさんの乗る車が広場に入って来たところだった。車を奥に停めて、ふたりが降りる。

ジルさんは緊張《きんちょう》した顔をしているが、ポーラさんは輪をかけて固い表情だった。それでも立ち止まることもなく、二人はここまでやって来る。

モンテさんと言い合っていたはずのファゴさんは、今では黙《だま》ってポーラさんを見つめていた。会話も音もなく、場には奇妙《きみょう》な緊張感が広がっていた。

「よく来てくれました」

ぼくは手を上げて、わざとらしくても明るい声でふたりに歩み寄る。

「……死んじゃいそう」

ポーラさんがぼそっと言った。

「顔が引きつってますよ。笑顔、笑顔」

「……やっぱり帰っていいかしら。あたしには無理よ。だめだわ」

ポーラさんはくるりと背を向けてしまった。

「大丈夫《だいじょうぶ》ですよ、上手くいきますから」

「あなたのその自信、どこから来るの。ああ、無理、ねえ、あの人、どんな顔をしてる？」

言われてファゴさんの様子をうかがうと、ニトとなにかを話していた。気を利《き》かせたニトが話しかけたのだろう。

「満面の笑みです。機嫌《きげん》良さそうです」

「分かりやすい嘘《うそ》をありがとう」

答えたきり、ポーラさんはそっぽを向いて爪《つめ》を噛《か》んだ。

やはり同じ場所に連れてくるだけでは上手くはいかない。想定はしていた。そしてこの状況《じょうきょう》を変えることができるかは、ジルさんの歌にかかっていた。

ポーラさんとファゴさんを交互《こうご》に心配げに見つめていたジルさんのそばに行って小声で話しかける。

「ジルさん、大丈夫ですか」

ポーラさんの顔色ばかりに気を取られていたけれど、近くで見るとジルさんもかなり緊張しているのが分かった。唇《くちびる》は青く、身体《からだ》は小刻みに震《ふる》えている。

「……だ、大丈夫、です。すみません、あの、やっぱり、ここで」

「そうです。ここで──歌ってほしいんです」

招待状を渡《わた》した時に、ジルさんなら察してくれると思っていた。それは間違っていなかった。ジルさんはぎゅうと目を瞑《つぶ》って、「はい」と頷《うなず》いた。

けれど、ぼくから見ても、ジルさんの様子は心配になるほどだった。やめておきましょうと提案したいほど、彼女は緊張感に追《お》い詰められていた。

「……わた、私が、お願いしたことですし、ケースケさんのおかげで、ここでポーラと、お母さんが、顔を合わせられた、んです。だから……私も──できることを、します」

強い決意とともに、にわかにジルさんの顔つきが変わった。ぼくは心配することをやめた。心を定めたジルさんに対して失礼になると思った。彼女がやると決めたのなら、信じて任せるだけだった。

「でも、あの」とジルさんが顔を寄せた。「どんな気持ちをこめて歌うべき、なんでしょう」

それはやっぱり、とぼくは思う。

「希望の歌を。誰《だれ》かを想《おも》って、明日を信じて、大丈夫だよって、背中を押してもらえるような」

希望なんて言葉は、きっと抽象《ちゅうしょう》的に過ぎるだろう。それでもぼくらが本当に求めている感情は、求めている想いは、たった二文字の言葉に集約されている。

ジルさんは頷いてくれた。自らの胸に手を当て、そこにある感情を確かめるように目を閉じた。

――その瞬間《しゅんかん》、空気が変わった気がした。皮膚《ひふ》がぴりぴりと痺《しび》れている。何かが起こる予感ともいうべきものが、辺りに満ちていた。

たとえば、開会の挨拶《あいさつ》をするとか。キャンプファイヤーに着火してから、火を背にして、ジルさんを紹介《しょうかい》するとか。みんなが歌に耳を傾《かたむ》ける準備を整えてからとか。考えていた段取りはいくつもあったけれど、そんなことはすべて無駄《むだ》だった。ジルさんが最初の一声を上げた瞬間に、ぼくらは全員、耳を奪《うば》われたのだ。

それは静かな歌だった。

伴奏《ばんそう》もなく、彼女を照らすスポットライトもなく、満場の観客もいない。ここは劇場でも、舞台《ぶたい》の上でもない。彼女が夢に見て憧れた場所ではない。けれど大事に想う友人と、その母のためだけに、彼女は初めて自分の意思によって歌うのだ。

優しさの込められた歌声は、ぼくらの心に向けて囁《ささや》くようでもあった。それは次第に強く響《ひび》き始める。ジルさんが込めた感情がぼくらの胸を叩いている。切ないほどの高音の中に、大事な人を思いやる気持ちが溢《あふ》れている。愛《いと》しい人を愛しいと想い、その人が健《すこ》やかであるようにと祈《いの》り、顔を上げて明日を探すための希望の歌だった。

ぼくはゆっくりとその場を離《はな》れる。この場にいる全員が、ジルさんの歌声に聴《き》き入っていた。そのままニトのところに行って耳元に囁く。彼女はぶんぶんと頷いて、ポーラさんのところへ駆《か》け寄った。そして彼女の手を引いた。

頃合《ころあい》を見計らってぼくはファゴさんの隣《となり》へ行った。モンテさんは横目でぼくを認めると、何もかも了解《りょうかい》した様子でその場を離れた。あの人の察しの良さには舌を巻いてしまう。

「いい歌でしょう？」

「……ああ、そうだね」

ファゴさんはぼくを見て驚《おどろ》いた顔をした。歌に聴き入っていたのだ。

陽は山間《やまあい》に沈《しず》んでしまった。辺りはどんどんと暗くなっていく。まだ染まり切っていない薄青《うすあお》の夜の空には丸い月と、ひとつきりで輝《かがや》く星が見える。ジルさんの歌声が響く中で、ぼくらは少しだけ心を開ける気がしている。

「ファゴさん。もう一度訊《き》きたいことがあるんです」

彼女はまっすぐにジルさんを見ている。その希望と願いの歌声に耳を傾けている。ぼくの言葉も、ちょっとだけ聞いていてくれている。

「ここだけの……二人だけの話です。本当に、ポーラさんに会いたくないんですか？　同じ場所にいるのに、会話もしたくありませんか？」

分かりきった質問をするなと、言う人もいる。訊かなくても分かるだろうと。けれど時には、どんなに分かりきったことでも言葉にしなければならないことがある。たったひと言が誰かの心を救うことがあるように。

ファゴさんは息をつき、小さな声でぼくに言った。

「――会いたいに決まってるじゃないか。あたしの大事な子どもなんだ。男だろうが、女だろうが、何も変わりはしないよ。そんな簡単なことに、気づくのが遅過《おそ》ぎただけで」

ぼくはファゴさんの肩《かた》を叩いた。背後を指差した。彼女は振《ふ》り返った。目を見開いて、一度、ぼくに視線を戻《もど》した。

ちぇ、と舌打ちが聞こえたが、それは甘んじて受け入れようと思う。

「やってくれたね」

そこにはポーラさんが立っていた。ニトが手を引いて、こっそり連れて来たのだ。

ファゴさんはポーラさんを見上げ、眉尻《まゆじり》を下げて苦笑した。

「ひどい顔だね。泣くんじゃないよ」

ポーラさんの紫《むらさき》のアイシャドウは涙《なみだ》で溶《と》けてしまっていた。しゃくり上げながら、ポーラさんは一歩、前に踏《ふ》み出した。

「ママ……ごめんなさい。立派な息子になれなくて。こんな、あたしで。ずっと謝りたかったの」

「なにを馬鹿《ばか》言ってるんだい」

ファゴさんはポーラさんの大きな身体をそっと抱《だ》きしめた。幼子にするように優しく背中を叩《たた》いた。

「あんたはもう息子じゃないんだよ――あたしの、立派な娘《むすめ》だ」

ポーラさんの嗚咽《おえつ》が高くなった。ファゴさんに縋《すが》り付くように、膝《ひざ》をついた。回された腕《うで》がぎゅっとファゴさんを抱きしめた。

ぼくはそっとニトの手を引いてその場を離れる。もう二人きりで大丈夫だろうし、そうなるとぼくらはお邪魔《じゃま》に違《ちが》いない。

ニトは顔をくしゃくしゃにして泣いていた。ぼくがそうではないとは、言えなかった。

ジルさんの歌が終わると、ニトは涙もそのままに思い切り拍手《はくしゅ》をする。ひとり、またひとりと拍手は加わって、それは劇場で浴びる万雷《ばんらい》の拍手には到底及《とうていおよ》ばないものだったけれど、それでもジルさんは頬《ほお》を紅潮させながら、照れたように、でも嬉《うれ》しくてたまらないように、何度も頭を下げた。

2

夜の帳《とばり》がすっかり降りてしまってから、キャンプファイヤーに着火した。それはぼくとシャロルの予想通り盛大に燃えたが、少ない人数の祭りを補って余りあるほどの賑《にぎ》わいとなってくれたので、結果的にはよかったと思う。

ぼくらは焼いた肉を食べ、魚を食べ、スコーンを食べ、モンテさんは野菜ばかり食べた。誰も彼もが明るい気持ちで些細《ささい》な冗談《じょうだん》を交わし合った。人数は少ないのに笑い声は絶えなかった。

「聞いてよケーちゃん！　ママったら、あたしのためにヒールの靴《くつ》を作ってくれてたって言うのよ！　それも何足も！　こんなに素敵なママはいないわ！」

「ええいうるさいねあんたは！　もうちょっと静かにできないのかい！」

「だって嬉しいんだもの！」

予想外だったのは、ポーラさんとファゴさんの仲が劇的に改善したことだろうか。あれほど顔を合わせることを渋《しぶ》っていたのに、今となってはこうである。まあ何も文句はないので、ぼくもニトも笑うばかりだ。

「ありがとね、ケーちゃん。あなたのおかげだわ」

「ニトとシャロルとジルさんのおかげですよ」

「ならたくさんお礼を言わなくっちゃ！　ほら、行きましょママ！」

「年寄りを引っ張るんじゃないよ、これ！」

二人は手を繋《つな》いで小走りでキャンプファイヤーに向かった。そこにはジルさんとニトがいて、四人でまた賑やかな声を響かせる。

「君に謝らなければいけないな」

網《あみ》の上で魚を焼いているぼくの隣にやってくるなり、モンテさんが言った。

「じつはまったく期待していなかった」

「それは、祭りにですか？　それともジルさんの歌に？」

「両方だが、正確には後者だ。あの歌声を小説家として表現するなら——ぶったまげた」

ぼくは吹《ふ》き出してしまう。でもたしかに、あの歌声はぶったまげる。

ジルさんの歌声で、心の重荷は軽くなる。暗い夜のなかで何も見えなくても、そこに光があると信じられる気がする。彼女の歌には希望が詰《つ》まっている。

「自転車の荷台に、ひとつの箱が入っている」

モンテさんが言った。

「……待ってください。あの木箱の中、この魚が入ってましたよね？」

「多少は生臭《なまぐさ》くなっているかもしれないが、まあ、些末《さまつ》な問題だろう。受け取るのは君だ」

「だからこそ気にしてほしいんですけど……その箱って」

「あの夜、君に見せた箱だよ。鍵《かぎ》は外しておいた」

「モンテさんの希望が入っているんじゃありませんでした？」

「そうとも。だが私の希望は紙の束の形をしているんだ。遠くない日に私が死んだとき――幸運にもあの世と呼ぶべき場所があったなら、あの物語の続きを娘に渡《わた》そうと思っていた。その日を心待ちにしていたが、今日も生き延びてしまった」

笑うモンテさんに、悲愴《ひそう》さというものはなかった。

「明日は死ねるかもしれないから、希望を持てるってことですか」

「娘に会えると信じれば、なに、自転車で出かけるのと変わりないさ」

冗談めかして話す言葉にぼくは脱力《だつりょく》してしまう。人の生き死にを笑うには、ぼくはまだ真面目《まじめ》すぎた。この滅《ほろ》びつつある世界で、人は希望を見つけて生きていくしかない。その形や願いは人それぞれで、否定することはもちろんできやしない。

「あの物語は、娘のために作ったものでね。二人で一緒《いっしょ》に少しずつ本にしたんだ。娘が亡くなる前にこの本を完成させると約束したが、私はそれを守れなかった。その本を見ることすら辛《つら》く、手離《てばな》してしまった」

それがシャロルのものとなって、ここにたどり着いたってことなのだろう。

「……どうして、本を完成させなかったんですか？　終わりまで書いてあったんですよね？」

「じつは、最後のページだけは書いていなかった――どうにも寂《さび》しくてね。終わってほしくない物語もあるだろう？」

あの物語は、モンテさんにとってこそ大事なものだったのだ。昨日、ぼくは何も知らずに偉《えら》そうなことを言ってしまった。謝罪しようと口を開くが、手を上げたモンテさんに止められる。

「感謝しているんだ。君のまっすぐであまりに無垢《むく》な言葉が、私の仕事の意味を思い出させてくれた。人生の最期《さいご》を迎《むか》える前に、たった一ページだが、本当に素晴らしい物語を書くことができた」

モンテさんはぼくの肩を優しく叩いた。

「君たちの笑い声も、彼女の歌声も、私にもう一度、信じることを教えてくれた――たとえ滅びに向かっていても、世界は美しいとね」

箱は君に託《たく》す。好きにしたまえ。

言うだけ言って離れようとするモンテさんを、ぼくは呼び止めた。

「シャロルに渡してくれないんですか？」

「私も野暮《やぼ》じゃない。思いがけない贈《おく》り物は、君の手から渡す方がふさわしいだろう」

小説家らしい口ぶりでもって、モンテさんはそんなことを言った。

3

賑やかな場から少し離《はな》れて、聖堂の扉《とびら》の横にシャロルがひとりで立っていた。ぼくが向かうと、シャロルはいつものちょっと冷めた表情を見せた。けれどそれが不機嫌《ふきげん》という意味ではないことを、ぼくはもう知っている。

「楽しんでる？」

「ええ、とても。こんなに賑やかなのは久しぶりだわ」

ぼくらは並んで広場を眺《なが》めた。大きな火明かりは夜の底を照らしているみたいだった。

ジルさんの明るい歌声に合わせて、ポーラさんがスカートを捌《さば》いて踊《おど》っていた。ニトが手拍子《てびょうし》をとり、ファゴさんとモンテさんが笑いながらヤジを飛ばした。地面にはみんなの影《かげ》が長く伸《の》びている。

「じつは、シャロルにお願いしたいことがあるんだ」

「改まってなに？　聞くだけ聞いてあげる」

「あるものを届けてほしくて」

「……私、届け屋は廃業《はいぎょう》したって言わなかった？」

「聞くだけは聞くんじゃなかった？」

シャロルは両手を上げて口を閉じ、ぼくを見返す。

「まだ本人に了承《りょうしょう》は得てないんだけど、ジルさんにもお願いしようと思ってることがあるんだ」

ぼくはポケットからスマートフォンを取り出す。小さな長方形のそれは、見方を変えれば小さな箱だった。

「この世界にはまだ、あちこちに生き残ってる人がいると思う。ぼくらがそうであるように。でも、その人たちはひとりぼっちかもしれないし、辛い思いをしてるかもしれないし、明日を望んでいないかもしれない。ぼくらに必要なのは、希望の詰まった箱なんだ」

ぼくはスマートフォンを見下ろした。それはぼくにとっては掛《か》け替《が》えのないものだった。元の世界を確かめられる数少ない存在だ。けれどぼくが感傷に浸《ひた》るために使うよりも、それはきっと誰《だれ》かのためになるはずだった。ぼくはもう、大丈夫《だいじょうぶ》だから。

「この箱はぼくの世界の道具で、鮮明《せんめい》に録音ができて、何度でも再生ができるんだ。これにジルさんの歌をたくさん録音させてもらおうと思ってる。誰かの背中を押したり、心を慰《なぐさ》めたり、希望を感じられる歌を」

ぼくはそれをシャロルに差し出した。

「だから君に、これを使って歌を届けてほしい。この世界中に生きている人たちがまた笑えるように」

みんなの笑い声がどっと響《ひび》いた。

世界は間違いなく滅びかけていた。誰もが大事な人を失っている。探したって見つからないものだってある。明日が本当に来るのか分からない夜もある。けれどいま、ぼくたちは同じ時間を共有して、同じ笑い声をあげている。もしこの世界に希望がまだ残っているのなら、それはここだった。

シャロルはスマートフォンには目もくれず、ただ、ぼくをまっすぐに見返していた。その瞳《ひとみ》に、どこか楽しげなスカーレットの光が反射している。

「あなたって、夢想家なのね」

「……ちょっと臭《くさ》かったかな？」

「ええ、とっても。でもいいの？　これは大事なものでしょう？」

「だから君に依頼《いらい》してるんだよ。依頼人はぼく。荷物は希望の箱。そして宛先《あてさき》は――世界中の人だ。ほら、これで君のやることはいっぱいになった」

だめ？　と笑いかける。シャロルは呆《あき》れたように肩《かた》を竦《すく》めて、それから手を伸ばしてスマートフォンを受け取った。

「初めてよ、希望を届けてほしいだなんてふざけた依頼」

「やっぱり嫌《きら》いかな、こういうの。ぼくもどうかなとは思ったんだけど」

けれどシャロルは、ぼくに向けて笑ってくれた。その横顔に温かな炎《ほのお》が光をさしかけていた。優しくて、力の抜《ぬ》けた、本当に綺麗《きれい》な笑顔だった。

「いいえ――大好きよ」

背筋がぞわぞわと逆立って、急にいても立ってもいられなくなった。自分の言葉のひとつまでが恥《は》ずかしく思えてきて、なんだか叫《さけ》び出したくなるのを堪《こら》えるのに必死だった。

「ええと、じゃあ、ほら、一緒に頼《たの》んでもらっていいかな、ジルさんに。まずは録音しなきゃいけないから」

「何を急に慌《あわ》ててるのよ」

「別に慌てちゃいないよ。ああ、そうさ、ちっともね」

「やっぱりちょっと変かもしれないわね、あなた」

くすくすと笑う声にぼくはもう両手をあげた。なんとか誤魔化《ごまか》す話題を探した。

「……そうだ、依頼の報酬《ほうしゅう》なんだけどさ」

「そうだったわね。とんでもない依頼なんだから、報酬も期待していいの？」

「もう用意してある。世界にひとつしかない貴重なものなんだ」

「そんな素敵なもの、どこにあるの？」

「今は箱に入ってるんだけど……ちょっと、生臭いかもしれない」

「さっぱり意味が分からないんだけど」

いま渡すべきか、外側だけでも洗ってからにすべきか悩《なや》んでいたら、ニトが駆《か》け寄ってきた。シャロルの手を取って、ぐいぐいと引っ張る。

「シャロルさん、灯花《あかりばな》を出してくれませんか！」

「ええ、もちろんいいわ。ふたりでたくさん集めたものね」

ニトはもう楽しみで仕方ないという笑顔だった。ぼくとシャロルは顔を見合わせて頷《うなず》いた。大人っぽい取引はあとに回して、いまはこの時間を楽しむことにしよう。

シャロルはキャンプファイヤーの前で、魔法《まほう》の鞄《かばん》から灯花を山のように取り出した。フアゴさんに教わったニトが花のひとつを手に取りそっと火の中に投げ入れた。

「わ、わ——っ！」

ぼくらはみんな、その光を見上げた。

火の中で燃えた花弁は赤光《しゃっこう》のように輝《かがや》きながら空へと舞《ま》い上がった。その一瞬《いっしゅん》の煌《きら》めきは空に駆け上る赤い流れ星みたいに思えた。

ニトに続くように、みんなが花を拾い上げる。ファゴさんが、ポーラさんが、ジルさんが、モンテさんが、シャロルが、そしてぼくが。投げ入れるたびに花は輝き、いくつもの光が舞い上がった。

ぼくはニトの耳元であることを囁《ささや》く。ニトは驚《おどろ》いてぼくに振《ふ》り返り、「そんなことをしちゃだめですよ」と首を横に振った。けれど言葉とは裏腹に、その大きな瞳は好奇《こうき》心に輝いている。

ぼくは灯花を両手でひと山も摑《つか》んでニトに渡した。ニトは眉《まゆ》をひそめて、渡されてしまったのでこれは仕方なくですよ、わたしはちっともやりたくないのですけれど、という振りをしながら、火にいっぺんに放り込んだ。

その瞬間、光が弾《はじ》けた。眩《まばゆ》い光が空に吹《ふ》き上がり、粉雪のように降り注ぐ。

ニトの歓声《かんせい》が響いている。

ぼくらは並んでこの光景を眺めている。

この瞬間をぼくらはきっと忘れないだろう。どんな思い出よりも強く、いつまでも輝いているだろう。今だけはそうだと心から信じることができた。たとえ世界が明日《あした》、滅んでしまったとしても。

4

夜中に目が覚めたのは、灯花祭の興奮が身体《からだ》に残っていたからかもしれなかった。ぼくが聖女さまに供えるために取り出したワインに目をつけた大人たちが――とくにポーラさんが早々に酔《よ》ってしまって、あとは文字通りのお祭り騒《さわ》ぎだった。ポーラさんに手を取られて、ぼくまで無理やり踊りに参加させられてしまった。ファゴさんはモンテさんと、ニトはシャロルと踊って楽しそうだったけれど、ぼくは心労の方が強い。

目を擦《こす》って身体を起こす。横に目をやって気づくが、そこにニトの姿がなかった。

起き出して廊下《ろうか》に出る。スマホはシャロルに託してしまったので、手軽なライトもなく、窓からの月明かりを頼《たよ》りに聖堂まで進んだ。扉は開いていた。一番前の長椅子《いす》にニトが座っていた。ランタンの灯《あか》りの下で聖女像の絵を描《か》いているらしい。

「……こんな時間になにしてるの」

「あ、ケースケ。起きちゃったんですか？」

声ははっきりとしていて、眠気《ねむけ》はちっともなさそうだった。

「なんだか眠れなくて」

ぼくはニトの横に腰《こし》をおろした。

ニトが絵筆を動かす音だけがしばらく響いていた。彼女の水彩《すいさい》絵具はぼくの知っているチューブ式のものと少し違《ちが》う。金属の箱の中に小さな四角い容器が並んでいて、それぞれに絵具が詰《つ》まっている。その真ん中の隙間《すきま》に、見覚えのある銃弾《じゅうだん》が二つしまってあるのが目についた。

「――灯花祭、楽しかったですね」

どこかしんみりとニトが言った。

「楽しかったね。やってよかったよ。ありがとう、ニト」

「……お礼を言うのはこっちです。わたしは、そんなに役に立てなくて」

ぼくは首を横に振った。

「ニトがやりたいって言ってくれたから実現できたんだ。言い出しっぺは大事な役割だよ。それにあの招待状がなかったら、みんな集まらなかったと思う」

「……そう言ってくれると、うれしいですけど」

でも、と呟《つぶや》いて、ニトはぼくを見た。

「わたしが気づかないところで、ケースケはたくさん頑張《がんば》ってくれたでしょう？」

「さて、なんのことやら」

「誤魔化しても無駄《むだ》です。あとでちゃんと教えてくださいね」

言い逃《のが》れもできそうにないくらいのプレッシャーを感じた。すべてを見抜《みぬ》かれているような気分になって、なんだか気まずい。おかしいな、悪いことをしたつもりはないんだけどな……。

「素敵な村でしたね」

「そうだね」

「ファゴさんも、ポーラさんも、ジルさんも、モンテさんも……シャロルさんも、みんな、とってもいい人たちでした」

「ぼくもそう思う」

「でも、また、出発しなきゃいけませんね」

「…………」

ここに残ろうかと、言うべきだったのかもしれない。

たしかにぼくらには目的がある。ニトは黄金の海原《うなばら》を、ぼくは黒い大男を探している。けれどどっちも、本当に見つかるかは分からない。居心地《いごこち》の良いこの村にしばらく留《とど》まっても、誰にも責められないだろう。

けれどニトは、出発しなきゃいけないと、はっきり言った。彼女は立ち止まらず、まだ先に進むことを、ひとりでちゃんと決断していた。

「さびしいね」

「はい。さびしいです」

語尾《ごび》は震《ふる》えてかすれていた。息を吸う音がだんだんとしゃくりあげるようになって、それはやがてこらえた泣き声になる。

ぼくはまっすぐに聖女像を見上げた。

毎日、ここに通って祈《いの》っていたファゴさんの願いは叶《かな》ったと思う。だから、今までろくに祈ったこともないけれど。通うこともできないけれど。都合が良すぎるかもしれないけれど。ぼくが祈ることも、許してほしい。

ニトが、ひとりぼっちになりませんように。ずっと笑っていられますように。幸せでありますように。

祈ることはそれだけにしますからと、心の中で呟いた。

ニトが服の裾《すそ》で顔を拭《ぬぐ》って、ずずっと鼻をすすりあげた。

「ケースケ、ポーラさんと踊《おど》ってましたね」

「思い出させないでくれる？　強烈《きょうれつ》な体験すぎて受け入れるのに時間が必要なんだ」

ニトが笑った。ぼくはほっと安心した。

「ポーラさんがちょっと羨《うらや》ましかったです」

……そう言われてしまったら、やるべきことはひとつきりだ。

ぼくは気合を入れて立ち上がり、ニトに手を差し伸《の》べた。

「一曲お願いできますか、お嬢《じょう》さん」

とても様になっているとは言えないけれど、まあいいさ。世界でニトしか見ていない。

ニトは大きな瞳《ひとみ》を丸くしたが、「はいっ」と笑顔で立ち上がり、ぼくの手を取った。

ぼくらは身体を寄せてステップを踏《ふ》んだ。

音楽はぼくとニトの調子っぱずれな鼻歌で、それはおかしなことに日本のポップソングだったりする。

どちらもろくに踊ったことはないのだから、不格好で辿々《たどたど》しくて、お互《たが》いの足を踏んでしまったりして、ダンスとも呼べないぎこちないものだった。それでもニトは楽しそうに笑っている。だからぼくに不満があるわけもない。

小さなランタンの明かりに照らされて踊るぼくらを、聖女像だけが見守っている。
なんて言うと、ちょっと格好の付けすぎだろうか。

It's time to say
goodbye, but I think
goodbyes are sad and
I'd much rather say
Hello to a new adventure.
圏外
15:11
34%
< MEMO
届け屋
ただの配達屋かと思いきや、魔法の四次元鞄を持っているし、国の認可制だというし、けっこうすごい職業なのかもしれない。ただ、依頼する人も、受け取る人もいなくなったこの世界では、難しい仕事になっている。
See you later, Fantasy
World. We hope that
Tomorrow comes again.

終幕「フォーゲット・ミー・ノット」

そのとき、ふっと視界が明るくなった。

まるで雨の境界線を跨《また》いだようにはっきりとした区切りだった。フロントガラスを叩《たた》く水音が止《や》んだ。ワイパーが水の膜《まく》を押し流すと、真っ青な晴天があった。

空には暗雲がかかっていた。見ている最中にそれがあっという間にちぎれ雲になって、ついには煙《けむり》のように溶《と》けてしまう。あまりに劇的な天気の変化に、ぼくとニトは呆気《あっけ》にとられて見入ってしまった。

灯花祭から二日が経っていた。祭りの後片付けや、分けてもらった食料の積み込み、それからひとりずつに旅立ちの挨拶《あいさつ》をするのにたっぷり時間を使っていた。いざ出発となればやっぱり名残《なごり》惜しいもので、ついついお茶をご馳走《ちそう》になって長話をしてしまった。

それでもついに出発だと心に決め、いざ朝を迎えてみれば雨だったのだ。聖堂に集まってくれたファゴさんたちの見送りを受けて、ぼくらは雨の中を進んでいた。

それが今では突然に止み、厚い雲もなくなり、フロントガラスからは真昼の日差しが注ぎ込んでいる。

町からは真っ直ぐに進んできたけれど、やがて視界の先に分かれ道が見えてくる。それは十字路で、傍《かたわ》らには看板が立っている。初めてシャロルと出会った場所だ。

道端《みちばた》に停車した。ドアを開けて降りると、後ろをついて来ていた三輪バイク《トライク》も停まり、シャロルがケープの水滴《すいてき》を払《はら》いながらやって来た。

「急に晴れたね」

「ええ、ほんと。ありがたいわ」

「ケースケ、ここでいいですか？」

ニトが大きな地図帳を抱《かか》えて、ヤカンのボンネットを顔で示した。

「ちょっと待ってね、濡《ぬ》れちゃ困るから」

バックパックからレインカバーを引っ張り出し、それをボンネットに敷《し》いた。ニトが慎重《しんちょう》に地図帳を置く。

ぼくらはそこに集まって、地図帳を覗《のぞ》き込んだ。

「本当にいいの？　これ、もらっちゃって。届け屋を続けるなら必要でしょ」

訊《き》くと、シャロルは首を振《ふ》った。

「届け先はどこかにいる誰《だれ》かじゃないもの。それに、ずっと地図を頼りに生きてきたから、迷子になるのも楽しそうだわ」

ニトが「おお……」と声をあげた。悪い影響《えいきょう》を与《あた》えないでほしいし、すぐに影響を受けるのもやめてほしいところだ。

「でも、そうね。まずはあなたたちが来た道を辿《たど》ってみようかしら。誰かに会える可能性も高いでしょ？」

「それは名案だと思います！」

ニトがぶんぶんと頷《うなず》いた。

「じゃあぼくらが元気でやってるって伝えてもらおうか」

「はいっ。だったらまずはバルシアですね！　あとはヴァンダイクさんも！　それから、えっと、えっと」

ニトが楽しげに長耳を揺《ゆ》らしながら地図帳のページをめくる。

「……ありました、ここです！　シャロルさん、ここにはなんと魔女《まじょ》さんがいるんですよ」

「あら、そうなの？　それは会ってみたいわ」

「でも本当はオリンピアさんといって——」

ニトが嬉々《きき》としながらぼくらの旅の話をしている。シャロルは腰をかがめ、微笑《びしょう》を浮《う》かべながら頷いている。

ぼくはその間にバックパックをさぐり、充電《じゅうでん》式のランタンとケーブルを取り出した。

やがてニトの話もすっかり終わってしまうと、シャロルがケープの留め紐《ひも》を結び直した。

別れの時がやってきたのだと、ぼくらは口に出さずとも分かっていた。それは目に見えるものじゃないくせに、やけに存在感があるのだ。名残惜《なごりお》しさは胸をぎゅっと締《し》め付ける。今朝、ファゴさんやポーラさんやジルさんやモンテさんと、そうして別れた時のように。

「これ、スマートフォンの充電用の道具なんだ。使い方を教えるよ」

「必要ないわ」

とシャロルが言った。

「必要ないって……充電が切れちゃうんだけど」

「使わない時は鞄《かばん》の中に入れておけば長持ちするでしょう？」

まあ、そうだろうけど。と唇《くちびる》を尖《とが》らせるぼくに、シャロルは笑いかけた。

「それに、充電がなくなった時は、あなたたちに会いに行くもの」

「——はい、降参」

ぼくは両手をあげた。そんな殺し文句を言われちゃ、もう、なにも言い返せない。

さよならばかりのこの世界で、その約束はひどく温かい。ぼくもシャロルも、これが今《こん》生《じょう》の別れになるかもしれないことは分かっていた。それでも、シャロルは再会を約束したのだ。

「シャロルさん、また会いましょうね……っ」

ニトが目尻《めじり》に大きな涙《なみだ》を湛《たた》えて言った。

「ええ。もちろん。また一緒《いっしょ》にご飯を食べましょうね」

「はいっ、絶対に！」

シャロルはニトの頭を優しく撫《な》でた。それからぼくに向き直る。

別れには慣れることがない。いつだって相応《ふさわ》しい言葉があるような気がしている。けれどそれは幻想《げんそう》でしかなくて、どんな言葉を並べてもこの感情を伝えることはできないのだろう。

だからきっと、必要なのはひと言だけだった。

「じゃあ、また明日」

シャロルは苦笑した。やっぱりあなた、変わってるわね、なんて言いたそうだったが、

「ええ、また明日」

と頷いて、バイクに向かった。そしてもう振り返ることもなく、ぼくらが辿って来た道をなぞるように走っていった。その背中はだんだんと小さな青色の粒《つぶ》になって、ついにはその色すらも見えなくなった。

　ぼくもニトもしばらくそのまま立っていた。鼻を啜《すす》る音がした。泣いているのかなと思った。ニトはぼくに振り返った。赤い鼻をしているけれど、浮かべているのは笑みだった。

　さよならだけが人生だという。

　どんなに大切な思い出だって、いつかは消えてしまう。そんなことはとっくに分かっている。それでもぼくらは言葉を交わし、同じ時間を過ごし、そして笑い合う。その時間の積み重ねは悲しいことではない。

　ぼくらは分かれ道の上に立っていた。左右に広がる道の先は果てしない。なにがあるのかも、誰がいるのかも分からない。

　確かなことは、ヤカンにたくさんの荷物を載《の》せて、ぼくらは行けるところまで行くってことだ。大切なものを探して、出会いと別れを繰《く》り返して、思い出をスケッチブックに描《か》き留めて。車輪がついたこの大きな希望の箱に二人きり、滅《ほろ》びかけた世界を生きていく。

　そしていつの日にか振り返ったとき、そこには轍《わだち》が残っているだろう。それがきっと、ぼくらの旅の物語になるはずだ。

「さ、ケースケ。わたしたちも出発しましょう。今度はどこに行きましょうか！」

「どこに行っても楽しそうだ」

ぼくらは顔を寄せ合って、地図帳を覗き込んだ。

了

It's time to say
goodbye, but I think
goodbyes are sad and
I'd much rather say hello
Hello to a new adventure
圏外
15:11
34%
＜MEMO
黒衣の大男
ぼくがこの世界に来て、初めて出会った人。あの人ならぼくが帰る方法や、なぜこの世界に来たのかを知っていると思って、心の拠り所のようにして探していた。ただ、以前ほど拘ってはいない。もっと素敵なものを、ぼくはもう見つけているから。
See you later,
World. We hope that
Tomorrow comes

あとがき

誰《だれ》にでも得意なことのひとつやふたつはあるもんで、ぱっと見で冴《さ》えないような人が意外なところで驚くような特技を見せることがある。そういうときに自慢《じまん》げな顔をするか、お粗末《そまつ》で申し訳ないって謙遜《けんそん》するかは本人の気性次第なわけだが、一般的には謙遜している人間の方が好まれますな。

ここが人間の面倒なところで、どっちにしろやってることは一緒《いっしょ》なわけです。なのにそこでどうだ、すごいだろうってな態度を取られると、ちょっと面白《おもしろ》くない。内心ではすごいと思っておきながら、いやそんなこたぁないよ、と否定したくなっちまう。

褒《ほ》めてやりゃいいんですよ、すごいことをしてるのは事実なんだから。どうだすごいだろうって言うやつには、すごい！　って素直に言ってやりゃいい。それでお互《たが》いに満足だ。でもそれができないってのが、まあ、人間の心持ちの難しいところってもんでしょう。

得意なことがあって本当はそれを褒めてほしいのに、気持ちを隠《かく》してなんでもないことのように振《ふ》る舞《ま》う。それが日本人の美徳だって考えるのも良いが、今となっちゃそれもどうなんですかね、くるりと一周回って、うっとうしい時もありませんか。

これはすごいねえあんた。

いえいえ、とんでもない。

いやいやいや、すごいよ。

いえいえいえいえ、お恥《は》ずかしい限りで。

素直に褒めたい人だってそこまで否定されちゃ褒める気もなくしちまう。

でもまあ、その人だって昔から謙遜してるばかりなわけもないんだ。昔は素直だったのかもしれない。なのにどっかで、褒めたくないっていうひねくれたやつに会っちまったんだろうね。それも何回もだ。それでいつからか謙遜するようになる。謙遜しておけば面倒なことも言われないって思いこんじゃうわけだ。

そいつが謙遜してることで満足する人間ってのは、どこの世にでもいるもんだ。ちょっと胸を張ってるやつを見れば、あいつは偉《えら》そうだとか調子にのってるとか大した腕《うで》もないくせにとか、そういう文句をつけはじめる。

だけどね、忘れちゃいけねえのは、胸張ってるやつは何も悪いことはしてねえってことだ。そいつが胸張るために何をやったか、周りからは見えないのがいけねえな。努力してたくさんのものを詰《つ》め込んで胸を張ってるやつに向かって、胸張ってんじゃねえよっつうのは、こりゃ言う方がおかしいんじゃないかい？

文句をつけるやつは必ずいる。それはしかたねえ。そいつにも好きなことを言う権利がある。でもね、それをはいはいと聞いて肩身《かたみ》を窄《すぼ》める必要はないってことを覚えておいてほしいね。

よく見てごらんよ、そいつは立派な人間かい？　文句を言うのが得意なだけだろう？　しかも人に文句をつけてる本人こそ、それで得意になって胸張ってるんだ。自分のことを棚《たな》にあげるってのはこういうときに使う言葉なもんでね。

みなさんもね、文句をつけることを得意にして胸張るような人になるのはやめといたほうがいい。好きなことをやって胸張ってるやつを見たら、気持ちよく褒めてやろうじゃないか。そうすりゃ自分が胸張った時にも誰かが褒めてくれるもんだ。

謙遜するのもほどほどに、やっぱり素直になるってことが大事だ。

思い出してもごらんよ。自分が十のとき、褒められて謙遜なんてしてたかい？　どんな大人《おとな》だって子どもの時分はみんな素直だったんだ。なのに歳《とし》をとるにつれてどうもいろんなことを小難しくしちまうんだな。

謝りたいのに謝れない、したいことをしたいと言えない、欲しいものがあっても我慢《がまん》しちまう。ついには目の前にある菓子《かし》を食うかどうかでさえ真剣に悩むくらいだ。食べちまえばいいのにさ、そんな簡単なことも難しくなるってんだから、あれだね、大人になるってのもあんまり良いことばかりじゃないね。

大人ってのは子どもよりも物知りだ。なにしろ生きた年数が違《ちが》う。それで勘違《かんちが》いしちまうんだが、歳をとるってことと、賢《かしこ》くなるってことはまた別の話でね。物知りだからって賢いとは限らない。時には大人よりも賢い子どもだっているし、大人が難しいと思ってることをあっさりとやっちまうことだってある。

さて、話の始まりはとある国外れの山道を走る一台の車からだ。屋根の上に荷物をどんと積み上げて縄《なわ》をかけてるから、道の凸凹《でこぼこ》を乗り越えるたびにゆらゆらと揺《ゆ》れている。

運転席を見ると大人と子どもの中間、そうだね、十七、八くらいの男がハンドルを握《にぎ》ってる。どうみたって無免許《むめんきょ》運転ってやつだが、この世界じゃそんな規則はないから安心だ。なにしろそこは異世界で、おまけに滅《ほろ》びかけてるってんだから。

その男が後部座席に振り返ってこう言う。

地図が欲しいよね、地図が。地図があれば迷わない——

というわけで、「さよなら異世界、またきて明日」の第二巻、いかがだったでしょうか。

あとがきを先に読むタイプの方のために枕《まくら》を用意しておきました。どうして急に小噺《こばなし》を書いているかというと、ご明察、今回もあとがきが六ページもあるからです。

どうも、風見鶏《かざみどり》です。

文章を書くことの面白味というのは、読んだ人の頭の中に介入《かいにゅう》できることです。作者の意図したもの、意図しないものとありますが、ここまで読まれた方は「ああ、そうだな」とか、「いや、それは違うだろ」とか、「なんで急に落語が始まったんだ？」とか、「こいつ褒めてもらいたいんだな」とか、考えたりしたことでしょう。

では作者はそれを意図して書いたのか？

半分はその通りです。みなさんが「まあそこまで言うなら褒めておくか」と思ってくれそうな雰囲気《ふんいき》を作ってみました。

もう半分は、六ページを埋《う》めるほど何を書くか思いつかなかったからです。小説の書き方は分かりますが、あとがきの書き方はいまだによく分かりません。ということで冗談《じょうだん》まじりに書き始めた小噺でしたが、思いのほか今巻の内容について拾い上げることができた気がします。

あとがきか？　と訊《き》かれると、自分でもちょっと首を捻《ひね》りますけれども。

最後となりましたが、今巻では特に担当編集の田辺《たなべ》さんにご迷惑をおかけしました。プロット段階から二転三転し、方向に迷い、〆切《しめきり》も文字数も大幅《おおはば》にオーバーし、なんとかここまで辿り着けたのは田辺さんの粘り強いご対応と鋭《するど》いご指摘のおかげです。

イラストレーターのにもしさんには情感たっぷりのイラストを描いていただきました。気持ちが透《す》くような心地よい世界観を存分に発揮《はっき》してもらっています。

校正さんやデザイナーさんを含《ふく》め、多くの方の手を借りながらまた一冊を送り出すことができました。

この場をかりて厚くお礼申し上げます。

そしてみなさんにとって、この物語が良い旅となることを願うばかりです。

またひょっこりとお会いできることを願いつつ、では、また明日。

二〇二〇年五月　風見鶏

お便りはこちらまで

〒一〇二―八一七七

ファンタジア文庫編集部気付

風見鶏（様）宛

にもし（様）宛

富士見ファンタジア文庫

さよなら異世界《いせかい》、またきて明日《あした》Ⅱ
旅《たび》する轍《わだち》と希望《きぼう》の箱《はこ》
令和2年6月20日　初版発行

著者——風見鶏《かざみどり》

発行者——三坂泰二
発　行——株式会社KADOKAWA
〒102-8177
東京都千代田区富士見2-13-3
0570-002-301（ナビダイヤル）
印刷所——株式会社暁印刷
製本所——株式会社ビルディング・ブックセンター

※定価はカバーに表示してあります。
●お問い合わせ
https://www.kadokawa.co.jp/（「お問い合わせ」へお進みください）
※内容によっては、お答えできない場合があります。
※サポートは日本国内のみとさせていただきます。
※Japanese text only

ISBN978-4-04-073734-8 C0193　◇◇◇

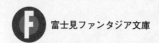

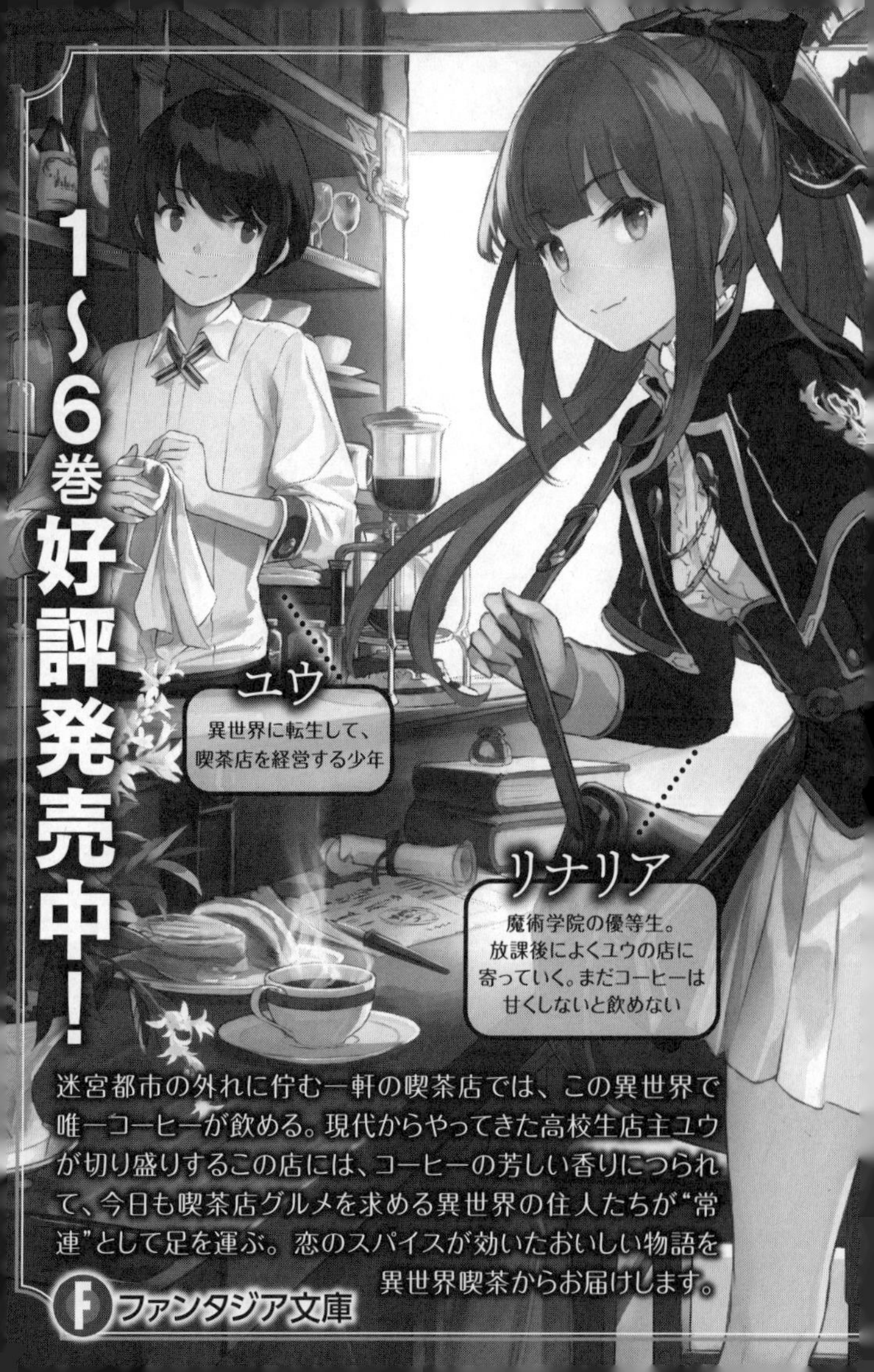
1〜6巻好評発売中！
ユウ
異世界に転生して、
喫茶店を経営する少年
リナリア
魔術学院の優等生。
放課後によくユウの店に
寄っていく。まだコーヒーは
甘くしないと飲めない
迷宮都市の外れに佇む一軒の喫茶店では、この異世界で唯一コーヒーが飲める。現代からやってきた高校生店主ユウが切り盛りするこの店には、コーヒーの芳しい香りにつられて、今日も喫茶店グルメを求める異世界の住人たちが“常連”として足を運ぶ。恋のスパイスが効いたおいしい物語を異世界喫茶からお届けします。
ファンタジア文庫

ファンタジア文庫
イスカ
帝国の最高戦力「使徒聖」の一人。争いを終わらせるために戦う、戦争嫌いの戦闘狂
女と最強の騎士
二人が世界を変える――
帝国最強の剣士イスカ。ネビュリス皇庁が誇る魔女姫アリスリーゼ。敵対する二大国の英雄として戦場で出会った二人。しかし、互いの強さ、美しさ、抱いた夢に共鳴し、惹かれていく。たとえ戦うしかない運命にあっても――
シリーズ好評発売中！

細音啓が紡ぐ新たなるヒロイックファンタジー
細音啓
イラスト
猫鍋蒼
キミと僕の最後の戦場、あるいは世界が始まる聖戦
the War ends the world / raises the world
アリスリーゼ
帝国と対立しているネビュリス皇庁の第２王女で強力な氷の星霊を使う「氷禍の魔女」
至高の魔
敵対する

切り拓け！キミだけの王道
ファンタジア大賞
原稿募集中！
賞金
《大賞》300万円
《金賞》50万円
《銀賞》30万円
選考委員
細音啓 「キミと僕の最後の戦場、あるいは世界が始まる聖戦」
橘公司 「デート・ア・ライブ」
羊太郎 「ロクでなし魔術講師と禁忌教典《アカシックレコード》」
ファンタジア文庫編集長
前期締切 8月末日
後期締切 2月末日
公式サイトはこちら！ https://www.fantasiataisho.com/
イラスト／つなこ 猫鍋蒼 三嶋くろね